…THÈQUE UNIVERSELLE

ROMANS DE MŒURS
ET D'ÉTUDES SOCIALES

PAUL ALEXIS

UN AMOUR PLATONIQUE

25 CENTIMES

LIBRAIRIE DES PUBLICATIONS
à 5 centimes
34, R. DE LA MONTAGNE-Ste-GENEVIÈVE
PARIS

PETITE BIBLIOTHÈQUE UNIVERSELLE

UN
AMOUR PLATONIQUE

PAR

PAUL ALEXIS

PARIS
LIBRAIRIE DES PUBLICATIONS A 5 CENTIMES
14, RUE DE LA MONTAGNE-SAINTE-GENEVIÈVE, 14

UN

AMOUR PLATONIQUE

I

20 novembre 1863.

Aujourd'hui! Avant minuit, mademoiselle Hélène Derval sera, pour la vie, madame Moreau.

Il est cinq heures du soir. Il fait nuit. J'ai sonné deux fois pour la lampe, inutilement. Manon, la bonne, sera sortie; je viens d'allumer une bougie en attendant. Et il faut que je me dérange encore pour jeter des bûches dans la cheminée... Brrr! le froid me saisit, dans mon appartement de garçon, seul.

Huit heures et demie.

Mon dîner, à moi, n'a pas été long.

Eux, sont encore à table. Au dessert peut-être. Le bouchon des bouteilles de champagne saute. Je les vois, tous! Le vieux papa Derval, rouge comme sa décoration de commandant en retraite, a la larme à l'œil. Notre président du tribunal se lève, hume sa prise, et prononce un toast. L'indispensable boute-en-train, M. de Lancy, invente quelque facétie pour amuser les dames. Et elle ?

Elle était si petite, quand j'allais, aux vacances, chasser à Miramont, chez ma grand'mère. Le dimanche, pour la messe, les Derval faisaient l'ascension de la colline escarpée où est juché le village. Ils s'arrêtaient chez nous. Une fois, je m'en souviens, je l'avais prise à sa nourrice et je la tenais dans mes deux mains. Tout à coup, à travers le maillot, quelque chose passe et me mouille les doigts.

— Oh ! ça, monsieur, c'est béni ! me dit sa nourrice, en la reprenant.

Dans notre jardin, autour du grand jujubier, elle courait, en sautillant, comme un moineau. Et l'orgue à manivelle, que ma grand'mère avait donné à l'église, et que le maître d'école tournait pendant la messe de onze heures ! Il fallait qu'on la mît debout sur une chaise tout à côté de l'harmonium : elle le touchait, lui donnait des coups de pied, voulait aussi tournait la manivelle. Elle dansait avant de savoir marcher. Une après-midi où une famille d'Italiens jouait de la harpe devant la maison, je la vois encore : piétinant, sautant, improvisant des pas adorables de danseuse de quatre ans qui tient relevées ses petites jupes. Et un autre jour, quelques années plus tard, son bonhomme de père, après l'avoir longtemps menacée du cabinet noir, pour je ne sais quelle grosse sottise, finit par l'enfermer dans un cabinet clair, entre deux portes vitrées. Elle pleura d'abord, Puis, soudain, avec un cri de révolte et de triomphe que j'entends encore :

— Papa, j'y vois!...

La vérité est que, tout enfant, encore en robe courte, elle m'intimidait déjà, moi, homme fait, docteur en droit, magistrat, mûr et grave avant l'âge. J'ai dit « vous » de bonne heure à cette bambine, qui jouait à la poupée en ce temps-là, et qui, de ses doigts barbouillés de confiture, se permettait de tirer mes favoris à côtelettes.

Neuf heures

Ils ne sont plus à table! Ceux qui n'étaient pas invités au repas, arrivent. On commence à s'écraser dans le salon. Les domestiques circulent comme ils peuvent, avec leurs plateaux. Heureusement, il n'est plus d'usage de danser aux soirées de mariage. On se salue, on se complimente, on s'observe à la dérobée, en prenant du punch et des sorbets. Les hommes, relégués dans les coins, chuchotent, s'épongent le front; les dames tâchent de se voir dans une glace, en passant. Le président du tribunal en est à sa vingt-cinquième prise, et, dans une embrasure de fenêtre, récite son toast à quelque nouvel arrivé. Enfin l'aimable M. de Lancy a beau se multiplier : chacun désire qu'il soit onze heures, moment du départ pour la mairie.

Un nom que l'on doit prononcer souvent, c'est le mien. Il me semble les entendre! Chaque nouvel arrivant : — « Et M. Mure? » — D'où vient que je n'aperçois pas M. Mure? — Serait-il arrivé quelque chose à ce cher M. Mure? » Tous, ils savent que c'est moi qui ai fait le mariage. Alors Moreau, de sa voix sèche, de son air cérémonieux de magistrat empesé, leur apprend qu'un accès de goutte me retient dans ma chambre. Et ce sont des exclamations compatissantes : — « Comment! la goutte à son âge! — M. Mure n'est pourtant pas vieux! — Quarante ans... au plus! — Il faut espérer que ce ne sera rien! » tandis que le père Derval, l'œil humide, soupire et fait de grands bras au ciel, pour indiquer que ma présence manque à son bonheur parfait. Mais Moreau leur apprend que j'étais menacé depuis quelque temps; et, du ton avec lequel, présidant les dernières assises, il disait : « Accusé, vous avez trois jours pour vous pourvoir en cassation, » il leur révèle que je viens de faire une demi-saison à Vichy. — « Mais il y a mieux que Vichy pour cette affection-là, s'écrie aussitôt quelqu'un d'un air entendu : il y a Contrexeville! — Ah! oui, Contrexeville! moi, pourtant... » Et les voilà parlant stations thermales, eaux alcalines et eaux sulfureuses, bains de mer, casinos, toilettes, roulette, concerts, actrices, banquiers, Bourse, politique, etc. Je suis tout à fait oublié, jusqu'à l'arrivée de quelque retardataire.

Dix heures.

Tout le monde est maintenant arrivé.

Eh bien, si je faisais une chose?... Mon habit! mes bottes vernies! ma barbe faite!... Au moment où l'on n'attend personne, je les stupéfierais en leur montrant que je n'ai pas plus la goutte que Moreau. Tout autre aurait déjà passé sa chemise à jabot. Mais, je suis M. Mure...

Onze heures.

Trop tard!

Je viens d'entendre le roulement de beaucoup de voitures au bout du Cours. La noce arrive à la mairie. Moi, je souffre. J'ai comme une balle de plomb là, quelque part, dans la poitrine. Tout est consommé.

II

Le lendemain, 15 novembre.

Nuit mauvaise. Un sommeil entrecoupé de rêvasseries idiotes.

J'étais seul avec elle, moi, dans un wagon qui nous emmenait en Italie. Elle, tout enfant, espiègle, gamine, se penchait imprudemment par la portière. Je voulais la retenir : elle me pinçait et me tirait la barbe...—Puis, elle se mettait à tourner la manivelle d'un harmonium luisant à côté d'elle, sur la banquette. Tout à coup, plus d'harmonium ; et, ce que j'avais vu luire, était le lorgnon de Moreau installé à la place de l'orgue. Puis... je ne sais plus. Le cauchemar. Une fatigante fumée d'imaginations baroques. J'en suis encore moulu. Aussi, maintenant, qu'ils se soient arrêtés à Nice, où à Menton, ou à Gênes, je sors, je vais prendre un peu l'air sur le Cours. Puis, j'irai lire mes journaux du soir au cabinet de lecture.

Même jour.

Pas de nouvelles du Mexique. — Les cours de la Rente, faibles. — Parcouru une intéressante variété des *Débats*, sur les musées de Florence et de Venise. Pourquoi ce malencontreux père Derval est-il venu me fourrer sous le nez une dépêche de sa fille :

Cannes, 3 heures 47. Allons bien. Ecrirons demain... Hélène.

Eh bien, oui, excellent homme, j'ai marié votre fille, et vous êtes reconnaissant : mais, laissez-moi tranquille !

Je ne mettrai plus les pieds au cabinet de lecture.

S'il lui prend fantaisie, ces jours-ci, de venir me montrer les pattes de mouches de madame Moreau, ma porte sera condamnée.

---

15 décembre.

Pendant ces trois semaines, le père Derval ne m'a pour ainsi dire pas quitté. Elle lui a envoyé de Rome, de Naples, de Milan, cinq autres dépêches. Enfin, hier seulement, une lettre de deux pages avec un *post-scriptum* du mari. Je la sais par cœur.

Ce soir, elle revient par le dernier train.

Même jour.

Il y avait du retard. Dans la salle d'attente déserte, son père et moi, nous avons longtemps marché sans rien dire. Puis le bonhomme a voulu s'asseoir, s'est assoupi à mon côté. Moi, je regardais machinalement une immense carte de géographie sur le mur d'en face, m'intéressant, sans savoir pourquoi, à la grande botte de l'Italie, plongée dans l'azur pâle de la Méditerranée. Tout à coup une sonnerie de télégraphe a signalé le train. Le père Derval s'est levé en se frottant les yeux. Et moi, qui pourtant ne dormais pas, il m'a semblé aussi que je m'éveillais.

C'était comme si je vivais plus vite. On nous avait permis de passer sur la voie. Le train entrait lourdement en gare, faisant vibrer les plaques tournantes. Déjà les employés, leur lanterne à la main, criaient d'une voix traînarde le nom de la station. Des portières, çà et là, s'ouvraient. Tout à coup, au dernier tour de roue, je la vis, elle d'abord, déjà debout sur le marchepied, impatiente.

— Papa !...

Et, avant que M. Derval eût fini de l'embrasser :

— Tiens ! bonsoir, monsieur Mure !...

La sensation rapide du bout de sa main gantée, dans la mienne. Ses grands yeux veloutés et expressifs, dans l'ombre. Un sourire. Deux ou trois petites tapes sur son costume de voyage. Autour d'elle, dans la nuit, quelque chose d'inconnu, d'attirant et de subtil, dégagé par sa personne. Puis, rien ! Elle se sentait si fatiguée qu'elle était déjà partie en voiture avec son père.

Alors Moreau, le bulletin des bagages à la main :

— Toi, tu vas attendre qu'on me délivre les malles... Ce ne sera pas long ; mais débarrasse-moi de ma canne, de mon parapluie... Tiens ! prends aussi la valise.

III

Avril 1865.

Une chose m'étonne et m'attriste. En moins de dix-huit mois, Hélène s'est mis à dos toute la société de X... Une à une, les femmes, sans motifs apparents, se sont éloignées, ont fait le vide autour d'elle.

Aujourd'hui, elle n'est plus en relation qu'avec quelques femmes de conseillers, nos collègues à Moreau et à moi. Et quelles relations ! Des visites de grande cérémonie, deux ou trois fois l'an, à la rentrée de la Cour, par exemple. Le plus souvent, un simple échange de cartes.

Il y a de ma faute. Je n'aurais jamais dû m'en remettre à son mari ni à son père, lorsqu'elle fit, l'autre hiver, ses premiers pas dans le monde. «Le monde» de X ! Dérision !...

Il eût fallu changer mes habitudes, toute ma manière d'être :

1° Me commander à Paris mes chemises, un habit chez le bon faiseur, etc. ;

2° Me faire inviter par madame de Lancy, qui prétend galvaniser l'aristocratie locale en donnant à danser tous les quinze jours.

Avec plus de cheveux, vrais ou postiches, quelques années de moins, le goût d'aller débiter aux dames mille riens aimables, avec un jarret solide de valseur, j'évitais sans doute à Hélène bien des légèretés. Mais, si j'avais possédé toutes ces qualités, madame Moreau ne s'appellerait-elle pas aujourd'hui *madame Mure?*

Huit jours après

Vieille culotte de peau de Derval, va!

L'autre matin, au bout du Cours, je me sens tout à coup les deux bras retenus par derrière.

— Prisonnier ! je ne vous lâche pas!...

Nous allons faire le tour de la ville ensemble.

— Et, voyant que ça ne me souriait guère :

— Ça vaut une absinthe, crédieu !... Ça ne se refuse pas, jeune homme...

Il était vif et guilleret comme l'air matinal. En sortant du Cours, il demanda du feu au garde de l'octroi, un vieux soldat, et se mit à lui parler de l'Afrique : « Quand j'étais au camp de Médéah... » Du bout de sa canne, il appliqua, en passant, une petite tape sur le derrière d'une jeune bonne qui, chargée d'une corbeille, se dirigeait vers la gare. Au milieu du faubourg, devant une vieille affiche de spectacle, ce fut un feu roulant de calembours. Alors, impatienté à la fin, moi qui ne m'étais endormi dans la nuit qu'à trois heures, pour avoir pensé à sa fille ! je lui ai tout dit. Mais, — comme je le connais : — avec circonspection, petit à petit, en juxtaposant des faits.

Au commencement, ce ne fut que de la stupéfaction et de l'incrédulité. Ah ! bien oui ! que lui chantais-je là ? Sa fille ! D'abord n'était-ce pas sa progéniture unique, à lui, Théodore Derval, officier supérieur de l'armée d'Afrique, ex-aide de camp de Changarnier, décoré sur le champ de bataille, trente-sept ans de services, dix-neuf campagnes, onze blessures !

Puis n'avait-elle pas été élevée à Saint-Denis, sa fille. Avec des filles de commandants, de colonels, de généraux aussi de simples légionnaires, — une éducation parfaite ! à la fois égalitaire et hiérarchique !... Et, je le savais bien moi-même ! De neuf ans, âge où elle avait perdu sa mère, à dix-neuf, Hélène n'avait-elle pas profité, là-haut, des leçons des premiers maîtres de la capitale !... Sortis du faubourg, nous étions alors sous les ormeaux séculaires du boulevard Saint-Louis.

Heureusement, il ne passait personne. Lui, déjà le sang à la tête, haussait de plus en plus la voix, ne me laissant pas placer un mot. — Histoire ! géographie ! dessin ! religion ! musique ! broderie ! danse ! littérature ! rien n'avait été négligé : sa fille était une perfection ! La fille d'un maréchal de France n'était pas mieux élevée que sa fille ! X.. (et il frappait de sa canne les pierres du rempart de la ville), X.. n'était pas digne de posséder cette perle, qui eût brillé de tout son éclat au faubourg Saint-Germain, pas plus que ce pékin de Moreau n'était digne de l'avoir pour femme... Mais, sacré tonnerre! ces hommes de robe, « tous ces gratte-papier! » avaient donc du sang de poulet dans les veines... C'était moi qui avais poussé à ce mariage!... Lui disais-je tout, au moins? Quoi qu'il se fût passé d'ailleurs, sa fille ne pouvait avoir l'ombre d'un tort. Il la voyait encore, entrant pour la première fois, l'autre hiver, en toilette de bal chez les de Lancy : une beauté! une reine, nom de Dieu! des épaules à lui faire oublier, à lui, qu'il était son vieux père! des palpitations sous son gilet de soirée en entendant hommes et femmes murmurer : « La belle madame Moreau! » — Ici, je crus qu'il allait pleurer. Mais nous étions arrivés à la porte de la Plate-forme. Un peu essoufflé, il s'arrêta, la main appuyée sur la rampe qui entoure le jet d'eau d'une corbeille de fer. A travers la poussière du jet d'eau, entre les troncs élancés des jeunes platanes, la vue de la ville, — qui, par la trouée de la rue de la

Comédie, nous apparaissait tassée et comme engourdie à nos pieds, sous un soleil ardent déjà haut, — mit soudain le comble à son exaspération. Et, la menaçant du poing, comme si X... tout entière était l'ennemie de sa fille :

— C'est là qu'elles sont, s'écria-t-il, ces femmes !... Maintenant elles ouvrent à peine les yeux, et s'étirent dans leur lit... Tas de bougresses !...

Et, pendant tout le temps que nous suivîmes le boulevard Saint-Jean, il me fallut écouter la chronique scandaleuse de X... Un tas d'histoires, bien connues, vraies ou fausses, en circulation sur le compte de celle-ci, de celle-là. Madame « une telle » ne rendait-elle pas son mari la risée de la ville ? Et madame B., femme d'un juge au tribunal, en avait-on assez jasé, sous l'avant-dernier sous-préfet ? Madame V., femme d'un riche banquier, au su et connu de tous, une chienne en folie ! Le soir, de tout jeunes gens la suivaient. Et madame de N. N., une marquise celle-là, une marquise authentique, depuis cinq ans n'entretenait-elle pas dans son hôtel, sous le même toit que son mari, un étudiant corse sans fortune! Et la de K., qu'on voyait partout avec des officiers de divers grades! La C., surprise un matin avec un prêtre! Et la D.! et la E.! et la F.!, etc., etc... Il ne tarissait pas. Noblesse, magistrature, barreau, fonctionnarisme, commerce, des femmes de toutes castes, y passaient: le dénombrement complet de X.. Parfois, à un nom prononcé, sa main désignait, par-dessus le rempart couronné de lierre, les marronniers de quelque antique hôtel. Toutes acceptées, pourtant, reçues partout, accueillies à bras ouverts; couvertes, celle-ci par son nom, celle-là par sa fortune, et cette autre par la force de l'habitude, par indifférence, par l'esprit de corps d'une société aussi sceptique au fond, que collet-monté à la surface.

— Eh bien, et ma fille!... qu'est-ce que cela me fait, à moi, qu'elle ne fréquente plus toutes ces...?

Le tour de la ville était achevé. Nous nous retrouvions à l'entrée du Cours. Lui, encore très rouge, suant à grosses gouttes, soufflant comme un bœuf, marchait depuis longtemps sans rien dire. Tout à coup il s'arrêta pour s'éponger le front. Puis se tournant vers moi, et d'un ton de reproche :

— Je vais être obligé de prendre un bain de pieds, en rentrant... Tout cela était inutile.

Et, me désignant de la main le balcon de l'hôtel des Lancy :

— La preuve que vous exagériez : madame de Lancy est toujours pour elle...

Même année.

Moreau, lui, n'est qu'un être indifférent.

Elle n'a que moi. Pour lui être utile à son insu, ne reculer devant rien. Faire un métier de policier secret, s'il le faut, et procéder avec méthode.

1° La vie de la petite ville est transparente comme du verre. A X.. tout se sait. Rien que sur le Cours : le cercle des *Nobles*, le cercle des *Avocats*, le cercle du *Commerce*, le cercle de *Gascogne*, le cercle des *Ecoles*, et celui de l'*Ordre*, et le *Républicain*, et le *Musical*, et le *Catholique*, et celui de la *Carafe* (dont les membres ne consomment que de l'eau!) et le *Bébés-Club*, — plus un cabinet de lecture, — plus une quinzaine de cafés, — plus cinq bureaux de tabac, des coiffeurs, etc., etc... Eh bien, devant la porte de tous ces établissements publics, du matin au soir, des oisifs, assis dehors sur des chaises, fument, bâillent, s'étirent les bras, ne savent comment tuer le temps, mais regardent, observent, se communiquent ce qu'ils ont observé, puis commentent, critiquent, supposent... Leur malignité naturelle quelquefois médit, et d'autres fois, devine... Donc, avoir toujours l'oreille ouverte, et faire mon profit de cet espionnage tout organisé.

2° A toute heure, je suis assez familier pour pouvoir aller chez eux. Ma qualité de vieux garçon m'autorise à m'asseoir fréquemment à leur table.

Même année.

Madame de Lancy, la dernière amie d'Hélène.

Je la rencontre à chaque instant dans les rues ou sur les promenades, au bras de son mari, marchant tous deux très vite, à grandes enjambées, comme de tout jeunes gens pressés : — lui, le nez au vent, manquant tout à fait de tenue,

— elle, grande, élancée, extraordinairement maigre, pâle, les traits tirés, la bouche imperceptiblement de travers; en somme, une femme étrange, mais distinguée, dans ses toilettes de coupe gothique qui, exagérant sa maigreur, la font ressembler vaguement à quelque châtelaine moyen âge. On ne lui donnerait que vingt ans. Mais Henry, son grand écervelé de fils, a déjà été refusé cinq fois au baccalauréat.

Parisienne, dernière descendante d'une vieille famille qui a brillé sous les Croisades, élevée dans le faubourg Saint-Germain, chez une parente éloignée, chanoinesse.

Épousée, sans dot, par M. de Lancy, alors sans fortune : mariage d'amour! — Quelques années d'amour et d'eau fraîche, à Paris, passées à solliciter en vain un consulat. — Puis, un beau jour, mort d'un oncle richissime, à X.. Trois millions! — Alors, au diable le consulat! — Et ils sont arrivés un beau matin à X.. en grand deuil, et impatients de jouir de l'héritage.

Le deuil n'a pas été long. L'héritage dure encore.

IV

Avril, 1866.

Cette après-midi, vers quatre heures, quand Hélène a repoussé derrière elle la grille de leur maison, et qu'elle est sortie en toilette de printemps, je la voyais. Sans qu'elle s'en doute, moi, de la fenêtre à tabatière d'une chambre au quatrième, où dorment mes vieux bouquins et un tas de paperasses, je plonge hors la ville, par-dessus la Rotonde et la grande fontaine, jusqu'aux maisons neuves des abords de la gare.

Elle marchait d'abord vite; mais, arrivée à la Rotonde, une fois montée sur le trottoir circulaire de la fontaine monumentale, un ralentissement de pas; puis un arrêt court, pour reboutonner son gant. Un cavalier arrivait alors au petit trot. Sa tête inclinée n'a pas bougé, pas plus que sa jolie ombrelle gris perle. Puis, le cavalier passé, elle, descendant du trottoir, est entrée en ville. Mais le cavalier, retourné sur sa selle et maintenant son cheval, la regardait. J'ai reconnu le jeune comte de Vandeuilles.

Sur le Cours, elle allait lentement.

Quand elle passa devant moi, contre la maison, de ma fenêtre mansardée je ne pouvais plus la voir. Et le temps me paraissait long.

— Si elle montait!

Et je savais pourtant qu'elle ne montait jamais chez moi. Puis, toujours à ma fenêtre, je l'ai retrouvée sur la promenade, apparaissant et disparaissant entre les touffes vertes des jeunes platanes, s'éloignant d'un pas souple, rythmique, révélé par les petits balancements gracieux de son ombrelle. Puis, elle ne fut plus, entre les deux bandes vertes des platanes resserrés, qu'une mince tache gris perle, toujours gaie à l'œil, imperceptible à la fin, claire encore. Et quand, l'ayant enfin perdue de vue, je me retirai de la fenêtre avec un violent torticolis, ma pensée continuait à la suivre.

Elle sort ainsi tous les jours, à la même heure, du chalet suisse de Moreau, d'ici semblable, avec son grand toit ridirule retombant bas et son peinturlurage rouge, à un jouet d'enfant, lourd et grossièrement fait. Irréprochable de tenue, noble et charmante, mieux mise que les autres et avec ce cachet de Paris qu'on ne lui pardonne pas, elle entre en ville.

En ville, elle sait bien où elle est : X..., tout entière, la connaît maintenant et ne l'aime pas. Voici venir, en face, des dames avec qui elle n'est plus en visite. Leurs regards la dévisagent, la fouillent, la déshabillent ; puis, quand elle est passée, les mêmes se retournent, ne l'ayant pas assez vue, comme s'il s'agissait d'une bête curieuse... Voici maintenant la femme du procureur général, arrivant de loin, avec la marquise N. N. Ces deux-là, du moins, la salueront : avec l'une elle échange encore des cartes! l'autre, la marquise, lui proposait, il y a quatre jours, d'aller, en même temps qu'elle, aux bains d'Uriage! Eh bien, non! toutes deux détournent la tête, prennent l'autre allée de la promenade... Et ici, il faut que ce soit elle qui se range pour laisser le passage libre à la toute jeune madame Jauffret. Sortie de son village, pour épouser un petit poseur qui ne lui vient qu'à l'épaule, cette grande asperge montée, ne remplit seulement pas ses robes et voudrait occuper toute la voie publique... Puis, ce ne sont pas que les femmes! A son passage, il y a de l'agitation devant les cafés et les cercles: ceux qui flânent dehors, avertissent ceux qui se tiennent en dedans; des lectures de journaux sont interrompues; des grappes de têtes nues apparaissent, emmêlées de mains qui tiennent une queue de billard ou de cartes étalées en éventail... En la voyant venir, les officiers du 217e cambrent la taille, effilent leur moustache, risquent une œillade. Plus insolents, nos gommeux et noblillons la lorgnent fixement, vont la regarder sous le nez. Et il n'est pas rare que des bandes de huit ou dix étudiants, fous lâchés, malfaisants échappés de collège, marchent obstinément à côté d'elle, en tenant à haute voix des conversations obscènes. Enfin, lorsqu'il ne passe personne, que la voie publique est libre, même au fond d'une de ces rues où l'herbe pousse et dont les maisons, portes et fenêtres closes, semblent dormir, elle se sent encore dans une atmosphère hostile : espionnée par des yeux qui voient à travers les murs, montrée au doigt pas des doigts invisibles; rebutée jusque par les pavés, plus raboteux pour son pied délicat, désireux de la voir tomber, comme la ville entière.

Alors, qu'y vient-elle faire, en ville? Toutes les après-midi, vers quatre heures, quelle nécessité de s'exposer ainsi sans défense à l'animosité de X...! Sans doute, si j'osais l'interroger, elle ne me dirait pas la vérité vraie : peut-être ne se l'avoue-t-elle pas à elle-même! Mais je la connais bien, moi; de plus, je sais maintenant l'itinéraire qu'elle suit chaque jour, les rues où elle passe, les portions de trottoir qu'elle choisit, les fournisseurs chez qui elle s'arrête, jusqu'au pâtissier où parfois elle mange un gâteau, lorsque sa promenade n'a pas d'autre prétexte ; aussi je la comprends! A vingt-quatre ans, femme faite, c'est toujours la petite fille qui « voulait » si impérieusement, qu'on finissait par lui abandonner la manivelle de l'orgue à l'église, et qui, lorsque son père l'enfermait entre deux portes, au milieu de ses larmes, poussait soudain un cri de défi : « Papa, j'y vois! » Ce caractère, fait de volonté, prompt à la révolte, que l'éducation de Saint-Denis a laissé entier et qui est pour beaucoup dans la haine que lui porte toute une ville, la soutient du moins, lui permet de tenir bon. Voilà pourquoi, chaque jour, arrive une heure où Hélène éprouve le besoin de pénétrer dans X... ni par désœuvrement ni pour aller faire une emplette, ni pour aller manger un gâteau; — mais il faut que sa présence crie à X... : « Me voilà! où en es-tu, toi? « Tu me détestes toujours! eh bien, vois « que je n'en suis pas plus mal coiffée! « mon teint ne jaunit pas! eh! comment « trouves-tu ma nouvelle robe? Rends-« toi bien compte que rien ne manque à « mon bonheur! »

J'en étais là de mes réflexions, accoudé à la fenêtre de ma mansarde aux paperasses. Tout à coup, sur l'autre allée du Cours, je revis Hélène, marchant d'un pas ralenti. Elle rentrait pour dîner. Un peu derrière elle, M. de Vandeuilles, qui avait quitté son cheval, se promenait avec le petit de Lancy. Monocle à l'œil, les deux jeunes nobles la lorgnaient. Le petit de Lancy, riant aux éclats, un peu gris, la désignait à chaque instant avec son steak.

Au moins, M. de Vandeuilles retenait le bras du malotru.

Retrouvé en furetant parmi mes vieux

papiers, J'écrivais ça il y a bien longtemps, à un Parisien, à un brave garçon aventureux, mais intelligent, qui, lui, à l'étroit en Europe, est allé mourir à New-York de la fièvre jaune :

« ... Prenez un raccourci de votre faubourg Saint-Germain, un racornissement de Chaussée-d'Antin, plus un soupçon de Marais, prolongé par un tronçon de queue de Belleville; ne mélangez pas, distribuez au contraire cela en quartiers distincts, autant de diminutifs de mondes divers, tous en retard d'un siècle, se coudoyant sans se confondre, se regardant comme des chiens de faïence, gaspillant le temps à s'épier, à s'envier, à faire des commérages; ajoutez beaucoup d'églises, paroisses, chapelles; un archevêque; des chanoines, curés, vicaires, moines, sœurs de toute espèce de coiffe, capucines, capucins, jésuites, jésuitesses; des confréries de pénitents blancs, noirs, bleus, gris, etc., etc.; maintenant, si tout cela tient dans un pli de terrain au milieu d'une contrée accidentée, mais sévère, attristée partout par de petits oliviers poussiéreux, calcinée l'été par le soleil,

« glacée l'hiver par le mistral ; et si l'herbe
« pousse entre les pavés comme dans un
« cimetière ; si les fontaines sont sans
« eau ; si l'esprit ne court pas les rues ;
« si les idées sont antédiluviennes ; si...
« je pourrais multiplier les « si » à l'in-
« fini... eh bien, mon cher, voilà X... !

« Tenez ! jeudi, huit heures du soir,
« une fin de journée d'été admirable.
« Rangée en rond au milieu du Cours, à
« la hauteur du café des officiers, la
« musique du régiment joue la *Dame*
« *Blanche*. Du balcon de la maison où je
« suis né, mon ami, nous regardons. A
« nos pieds, voici les deux allées de la
« promenade, bordées de chaises qu'oc-
« cupent des dames en grande toilette, des
« enfants, des messieurs. D'autres famil-
« les, également en toilette, sont assises
« sur la chaussée du milieu. Mais, en
« étudiant bien toutes ces chaises, nous
« découvrirons des catégories distinctes,
« des différences brusques, profondes ;
« nous arriverions à tracer une carte,
« oui, une vraie et curieuse carte de
« géographie sociale, aux lignes de dé-
« marcation certaines. Par exemple, cette
« femme d'huissier si longue, si osseuse,

« si mal fagotée, au nez préominent et
« montagneux, ne se doute pas que nous
« la prendrions pour une frontière naturelle... Et un peu plus bas, — oui, là,
« précisément ! — ce clan de jeunes
« femmes et de jeunes filles, les unes
« affreuses, les autres charmantes, mais
« ayant toutes un air de famille, ce sont
« les israélites : la noblesse et la magistrature ne les saluent pas, et les appellent «les juives»! En dehors des grands
« bals de la sous-préfecture, — un terrain
« neutre et banal comme la chaussée du
« milieu, — elles ne vont qu'aux sauteries intimes de la femme d'un marchand
« d'huile. »

Ce chiffon de papier jauni me reporte à bien des années en arrière. Je sortais du collège, alors. Mes sensations avaient une verdeur exaltée qui me surprend. Il est vrai qu'en ce temps-là je n'étais pas sans quelques velléités littéraires, je lisais Balzac et Stendhal, je savais Musset par cœur. Dans mes lettres à des amis, comme dans mes premières plaidoiries aux assises, il m'arrivait de chercher à faire du style. Comme aussi, le soir, dans mon lit, avant de m'endormir, d'échafauder de grands châteaux de cartes : Paris ! Des succès de publiciste et d'orateur ! Des amours à la Rastignac, à la Julien Sorel ! De l'argent ! des voluptés ! de la gloire ! du pouvoir ! Aujourd'hui, devenu positif, froid, de sens rassis, je ne réécrirais pas ces lignes.

Ou, du moins, je ne m'amuserais plus à la futilité de dessiner un petit croquis de la musique du jeudi. Je ne m'attarderais plus au dénombrement clérical de la ville. Maintenant aussi, j'ai cessé d'en vouloir au mistral, j'ai pris mon parti des « petits oliviers poussiéreux » ; et l'herbe des rues, le pavé impraticable, les fontaines sans eau, la moyenne vulgaire de l'esprit des habitants, j'ai fini par m'y habituer. A part ces nuances de détail ou de forme, résultat de la différence d'âge, le fond de mes observations de ce temps-là était juste.

Moi seul, j'ai changé : X.. est toujours X.. !

V

Un dimanche.

Madame de Lancy assistait au mariage

d'Hélène, sans l'avoir connue jeune fille. Mais le père Derval et M. de Lancy étaient du même cercle. Une certaine intimité existait même entre eux. D'ailleurs, ce M. de Lancy est si liant, si léger, si nul et si bon garçon à la fois. Malgré tout, sympathique ! Le noble subsiste en lui : il a une case du cerveau pleine de sa supériorité à lui, et de la supériorité de ceux de sa caste sur ceux qui n'en sont pas. Mais toute sa noblesse ne résiste pas à un verre d'absinthe, à l'excitation d'une nuit de jeu, à l'entraînement d'une fête, même au simple picotement d'une farce à faire, excentricité de commis voyageur ou folie de collégien en jour de sortie. Ne le voyais-je pas l'autre jour, chez le coiffeur, tutoyer le garçon qui lui coupait les cheveux, barbouiller de savon le museau du chat de la boutique, et, du plat de la main, appliquer au patron de grandes tapes dans le dos ! Il a beau grisonner, avoir cinquante ans, une large patte d'oie, des rhumatismes : c'est tout son écervelé de fils. D'ailleurs, ils se tutoient tous les deux, ont le même tailleur, mènent la même vie, fréquentent maintenant le même cercle, jouent avec les mêmes cartes, pontent l'un sur l'autre et se font des banquo ; au bal valsent avec la même fougue, et, à l'heure du cotillon, se rencontrent parfois, le père et le fils, aux genoux de la même femme. Avec cela, M. de Lancy passe pour un excellent mari, sa femme l'adore. Chaque dimanche, le père, le fils et la mère vont ensemble à la messe de midi.

Madame de Lancy, elle, a une seule passion : recevoir ! L'hiver, dans son hôtel ; l'été, dans l'espèce de masure attenante à une ferme et flanquée d'un pigeonnier qu'on décore du nom de château de Lancy, il faut qu'elle donne des fêtes. C'est sous cette forme particulière que se manifeste chez elle cette soif de plaisir qui est la caractéristique de la famille. Son mari, un sanguin bon vivant, satisferait à meilleur marché ce besoin de mobilité et d'agitation resté aussi impérieux en lui que chez son fils. Mais elle, la poitrine un peu plate, élancée et pâle, nerveuse, de grande race, ayant dans son enfance mis le pied sur le seuil du véritable monde parisien, quoi d'étonnant que du jour où elle s'est sentie plongée dans le bain d'or de la fortune, elle ait voulu jouir avec les raffinements de sa nature? Elle a dû rester ce qu'elle était : religieusement élevée, honnête par circonstance et par tempérament, mariée à l'homme qu'il lui fallait, tout me porte à la croire encore une des plus honnêtes femmes de X... Au contraire, honnêteté, religion, amour d'un mari, souvent, dans la vie, s'usent à la longue! Son fol amour du monde a préservé madame de Lancy, comme d'autres le sont par leur aptitude à faire des confitures.

---

2 juin 1866.

Tout un hiver, j'ai entendu Hélène avoir sans cesse le nom de madame de Lancy à la bouche. Même, un moment, c'était le petit nom : Blanche par-ci! Blanche par-là!... Mais, depuis longtemps plus de « Blanche »... Depuis quelques jours, je remarquais que, chaque fois, si je mettais le nom de madame de Lancy sur le tapis, le front d'Hélène se rembrunissait. Alors, hier soir, au chalet, j'ai voulu en avoir le cœur net.

Nous avions eu bien chaud, tous les trois, en dînant. La peau rose et un peu moite, les paupières baissées, silencieuse et ne nous écoutant pas, Moreau et moi, elle épluchait lentement ses fraises. Tout à coup, elle nous regarda :

— N'est-ce pas ? vous le voulez bien ?... Nous irons prendre le café dehors...

— Dehors ou ici, fit Moreau avec un geste d'indifférence.

Nous étions installés sur la terrasse, autour de la table de pierre. Le café fumait dans nos trois tasses. Moreau, carré déjà dans son fauteuil rustique, allumait un cigare. Le jour baissait, et il faisait un grand calme.

— Pas une feuille des arbres ne remue ! m'écriai-je. Nous voilà tout à fait aux beaux temps...

Puis, après un instant :

— Avons-nous passé de belles soirées ici, l'été dernier !... Madame de Lancy venait quelquefois, souvent...

Alors Hélène me tendit violemment le sucrier.

— Tenez ! sucrez-vous... Mais sucrez-vous donc !

Sa voix vibrait, impérative et ré-voltée, brutale. Attristé d'avoir touché juste, troublé moi-même, je n'en finissais plus de fouiller avec la pince en argent pour amener un second morceau de sucre, un tout petit. Puis, je la regardai à la dérobée. Elle était déjà redevenue calme. Elle vida sa tasse d'un seul trait, la tint en l'air encore un moment, la reposa d'un geste assuré. Sous la transparence d'un corsage blanc, sa poitrine respirait, large et libre. De nouveau, elle nous avait oubliés, Moreau et moi. A quoi pensait-elle ? Elle semblait écouter. De temps à autre, un sifflet de locomotive nous arrivait de la gare.

Et Moreau, qui avait apporté ses journaux, les parcourait. A chaque instant, c'était un petit froissement de papier déplié. Même, ce soir-là, expansif à sa manière, il nous faisait part de sa lecture, en laissant tomber des bouts de phrase : « Hausse, 30 centimes... — Excellente attitude de l'Autriche... — Jules Favre vient plaider ici devant la Cour... — Remède contre le phylloxera... — Tiens, notre ancien procureur général est nommé à Rennes. » Dans un jardin voisin, un rossignol poussait parfois deux ou trois notes veloutées.

Enfin, il fit tout à fait nuit. Mais l'atmosphère était si pure, la lune au-dessous des arbres du jardin montait si ronde et si brillante, que Moreau aurait pu continuer sa lecture. Le journal qu'il tenait toujours glissa de ses mains, sans qu'il bougeât pour le ramasser. Moreau s'était endormi.

Hélène le regardait. Son front, impénétrable et dur en ce moment, devait contenir une pensée qu'elle ne me communiquait pas.

— Tenez ! il ronfle, dit-elle seulement.

Et elle me regarda.

— Nous, marchons un peu, ajouta-t-elle. Venez...

Je l'avais suivie. Le gravier des allées criait sous nos pas. Nous tournions le dos au chalet, enfoncés de plus en plus sous le bosquet qui s'étend de la terrasse à la haute grille du fond donnant sur la route. Tamisée par les branches basses, la lune ne faisait plus que des gouttes de clarté jaune filtrant çà et là entre les feuilles. Et j'étais à une de ces minutes ou l'on voit nettement en soi. J'avais le cœur gros. Des tentations me prenaient : là, dans l'ombre, me prosterner à ses pieds, baiser le bas de sa robe, lui demander pardon ! Pardon de l'avoir aimée et de m'être trompé, et d'avoir causé le malheur de sa vie en contribuant à lui faire épouser l'homme qu'il ne lui fallait pas, l'homme qui ne convenait qu'à mon inconsciente jalousie, à mon égoïsme.

Déjà mes lèvres s'entr'ouvraient :

— Hélène !... Hélène !

Mais elle poussa un petit cri :

— Ah !

Et elle ajoutait gaiement :

— Vous ne voyez pas ?... Mais débarrassez-moi donc...

C'était une branche de noisetier accrochée à ses cheveux. Puis, elle parla encore. Ils avaient grand besoin d'être taillés, ces noisetiers ; tout ça était médiocrement entretenu ; elle songerait à faire venir l'émondeur. Elle n'aimait pas non plus ces fines toiles d'araignée que l'on se sentait tout à coup sur la figure, en travers de ces allées où nul n'avait passé de tout l'hiver. Même elle pensait à des embellissements. Ici, une serre ferait bien ; il fallait absolument agrandir la petite pièce d'eau, changer la rocaille. Et chacune de ses phrases était pour moi un calmant et un baume. Je sentais mon cœur se dégonfler. Elle s'accoutumait donc à son sort! Plus de résolutions extrêmes à redouter de sa part. Mon Dieu! on se fait à tout ici-bas. Madame de Lancy, comme les autres, lui tournait le dos : tant pis! Hélène se résignerait à l'isolement. Trop fière pour ne pas surmonter une situation exceptionnelle, elle en arriverait peu à peu à se suffire à elle-même. Et je me voyais déjà passant une infinité d'autres soirées avec elle : l'hiver, au salon du chalet, au coin du feu ; l'été, dans ce jardin embelli ; — Moreau à l'écart, oublié, indifférent, endormi ; — et elle, résignée comme maintenant, douce et attendrissante, un peu triste.

— La bonne odeur de seringat! s'écria-t-elle.

Nous étions au bout du jardin, devant la haute grille tapissée d'un rideau de verdure. Et elle s'efforçait de couper une longue tige de seringat, tout en fleurs.

— Aidez-moi...

Elle cueillit aussi du jasmin. Puis, écartant le feuillage, appuyée des deux mains aux épais barreaux de fer, voilà qu'elle regardait la route.

La route, au clair de lune, était très

blanche. Çà et là, sur les bords de petits tas de pierres, symétriques; et, de distance en distance, les longs poteaux du télégraphe se profilaient nettement. Il ne passait personne. Mais, comme la nuit était très calme, un murmure de grelots, perpétuellement remués, arrivait de quelque charrette lointaine. Autrefois, avant l'invention du chemin de fer, c'était par cette route qu'on entreprenait le voyage de Paris. Paris était donc quelque part, là-bas, derrière l'horizon, très loin. Paris! la magique ville, aussi attirante pour la femme mal mariée, que pour le collégien de troisième cachant Balzac dans son pupitre et rêvant la carrière littéraire! Paris! Toujours cramponnée à la grille comme aux barreaux d'une fenêtre de prison, Hélène cherchait je ne sais quoi, d'un regard fixe :

— Venez-vous? implorai-je timidement.

— Non! laissez-moi... je vois quelque chose.

J'eus beau écarquiller les yeux, je ne vis d'abord rien. Puis, cependant, sur la route, un imperceptible nuage de poussière. Le nuage grossissait et se rapprochait, très vite, avec le bruit d'un galop de cheval. Bientôt le cavalier fut devant nous. Je reconnus M. de Vaudeuilles.

A dix pas de nous, le jeune comte avait arrêté sa monture. Il roulait lentement une cigarette, paraissant concentrer toute son attention à la bien faire, et ne pas nous voir. Alors, Hélène se recula précipitamment de la grille.

— Venez... Rentrons.

Et quand nous passâmes sur la terrasse, où Moreau, dans son fauteuil, le journal à ses pieds, ronflait maintenant comme un tuyau d'orgue, elle me toucha nerveusement l'épaule :

— Chut! ne le réveillez pas.

VI

Quelques jours après.

Quel coup!... Hélène est la fable de la ville.

Le jeune comte de Vaudeuilles l'a « enlevée ». Elle était depuis quelque temps sa maîtresse, à ce que l'on dit. Hier soir, ils ont pris tous deux l'express pour Paris.

Le surlendemain.

Elle m'a écrit.

Un simple billet. Quelques lignes griffonnées au crayon, dans le train.

Elle ne prononce même pas le nom de son mari. Un mot de dédain et de mépris pour la ville. Puis, elle me parle de son père à qui elle écrira plus tard. C'est moi qu'elle charge d'annoncer le premier la chose à son père « avec ménagement ». Elle termine par une phrase ironique : « C'est un service pénible,
« qui vous sera peut-être plus pénible
« qu'à tout autre, mais je ne puis le de-
« mander qu'à vous. »

Et elle signe.

Il y a un post-scriptum :

« *P. S.* — Si mes mots sont un peu
« *tremblés*, cela tient uniquement aux
« cahots du rapide qui m'emporte. Mais
« mon cœur, lui, ne tremble pas. —
« J'aime pour la première fois de ma
« vie. »

Le tout, jeté à la boîte de Dijon.

— Dijon !... Dix minutes d'arrêt ! Buffet !...

Une nuit d'insomnie, le même été.

J'étouffais dans mon lit, ne pouvant ni

lire, ni m'endormir. Me voici à mon bureau, à moitié nu, en bras de chemise. La fenêtre est ouverte. Dans la glace bleuie de la bibliothèque, j'aperçois une corne du croissant mince de la lune. J'étouffe encore.

Hélène est dans les bras d'un autre...

. . . .

Il y a bien longtemps de cela. La voiture de ma grand'mère était venue m'attendre à la gare. Du marchepied de la guimbarde, je ne fais qu'un saut dans le vestibule. Tom, l'imposant chien de garde aussi haut qu'un petit âne, agite silencieusement la queue, daigne se déranger, et me souhaite le bonjour. A une patère, j'accroche en passant mon chapeau haute-forme de jeune substitut qui a obtenu de son procureur une permission de huit jours, et je prends un vieux chapeau de paille à moi, un peu déchiré mais très convenable à Miramont pour courir les champs. Et me voilà dans la vaste salle à manger du rez-de-chaussée, où je trouve tout mon monde n'attendant que moi pour passer à table. Après les poignées de main, les embrassades, au milieu des compliments et félicitations, je m'adresse au commandant Dorval : « Et « ma petite amie?... Où donc est allée « ma petite amie? » — « Sacré nom de « Dieu de gamine!... elle se sera échap- « pée... elle est encore sur l'aire à faire « des cabrioles... » Et ouvrant la porte, le vieux brave se dispose à courir nu- tête, très rouge et criant : « Hélène!... « ce que je vais la foutre en pension... « Hélène! Hélène! » Je le retiens par le bras. « Ne la grondez pas... laissez-moi le plaisir de l'appeler moi-même. » Et me voilà parti pour l'aire.

L'aire me semble d'abord déserte. De loin, rien que l'épaisse jonchée des gerbes foulées tout le jour par les deux mulets du paysan. Et, ce qui restait intact du haut gerbier se dressait en pointe dans le ciel, le ciel tout rouge, encore incendié par le soleil dont le disque réduit à rien achevait de s'enfoncer. « Tiens! elle a dû se mettre dans la cabane... je vais la surprendre. » Et, m'étant avancé avec précaution, je soulève le « *bourras* » jeté sur trois fourches prises l'une dans l'autre. Rien! Hélène n'était pas dans la cabane. Mes yeux fouillent l'aire entière, suivant les ondulations de la paille hachée par les sabots ferrés des mulets. Rien que de longues vagues jaunes immobiles, sorte de mer moutonneuse figée dans le calme du crépuscule. Tout à coup, là-bas, à l'autre bout de l'aire, mon regard se porte sur une imperceptible ondulation. J'y vais, en enfonçant jusqu'au genou. Hélène était là, étendue sur le dos, tout le corps et les deux bras enfouis dans la paille, sous un gros tas. Rien que sa petite tête brune ne sortait. Elle ne m'entendait pas venir. Et elle me semblait très pâle, amaigrie, les yeux cernés, presque effrayante à voir. Elle dormait peut-être, mais d'un inquiétant sommeil : paupière ouverte, et regard fixe.

— Hélène !

Pas de réponse.

— Ma petite Hélène !

Elle ne remue pas. Et je n'étais plus qu'à deux pas d'elle.

— Ah ! fit-elle tout à coup. Ah ! toi !.. toi, bon ami !...

Un bond ! Le tas de paille amoncelé sur elle coule de toutes parts. Et elle est à mon cou, me serrant de toutes ses forces. Elle ne m'embrassait pas : elle se tenait pendue à moi, ayant grimpé le long de mon corps, et elle m'étreignait éperdument de ses petites jambes. Moi, je l'embrassais en grand frère aîné aimant bien sa jeune sœur. Je couvrais de « caresses de nourrice » sa joue subitement enflammée. Je l'embrassais aussi sur le front, sur ses beaux cheveux emmêlés de brins de paille.

— Te voilà tout ébouriffée, ma petite... Tu es belle! tu as grandi depuis que je ne t'ai pas vue!... Es-tu toujours bien sage?

Puis, pour la remettre doucement à terre, je me baisse, un genou dans la paille.

— Là! maintenant il faut aller manger la soupe... Papa se fâcherait, tu es couverte de paille, tu as l'air d'un diable! attends... Avec mon petit peigne en écaille...

Mes doigts cherchaient déjà dans mon gousset. Mais en me retournant, je glisse sur la paille, je tombe assis. Alors, ayant mon visage à la hauteur de ses lèvres, Hélène me reprend. Et, toute rouge, suffoquée d'une rage de tendresse, la petite fille de huit ans riait et me mangeait de baisers.

. . . .

Hélène est dans les bras d'un autre!

VII

Dix-huit mois plus tard.

Un viel oncle que j'ai connu dans mon enfance, avait une maxime favorite, enjolivée d'un calembour, qu'il répétait à tout bout de champ : « Le Temps est un *grand maigre.* »

Rien ne dure. Tout s'arrange et se nivelle. Le choc des passions et les catastrophes ont beau accidenter la vie, produire des déchirements et des brisures, peu à peu une poudre fine, impalpable, retombe sur les choses, émousse les angles, veloute les nouvelles situations, étend partout l'uniformité d'une patine salutaire.

Hélène, ici, commence à être oubliée.

Moreau, d'abord, est, depuis son « malheur », conseiller à Alger. L'instinct professionnel l'a tout de suite averti qu'il devait changer de ressort. La magistrature a tant besoin de considération! Quelques hautés relations que je conserve au ministère, ont facilité son envoi en Algérie, où il touche des émoluments plus considérables.

Le commandant Derval, lui, me stupéfie. Quel changement en cet homme, depuis le soir néfaste, où, pour obéir à Hélène, je suis allé lui apprendre la fuite de sa fille! — « Enlevée !... Adultère !... Nom de Dieu! ma fille! » — J'entends encore ses cris rauques. Je revois sa face congestionnée, les veines de son cou gonflées. Et il s'arrachait de désespoir son ruban rouge. Il me menaçait de sa canne, moi, auteur du mariage! Et il voulait courir, au milieu de la nuit chez Moreau « lui mettre son pied quelque part », puis prendre le chemin de fer, tomber à Paris chez les fugitifs, brûler la cervelle au comte de Vandeuilles... Je parvins à le fourrer de force dans son lit, où il passa trois jours entre la vie et la mort. Je ne le quittais pas d'une minute. Des saignées, des purgations, des vomitifs, le tirèrent d'affaire. Mais il passa encore quelques semaines d'abattement et de prostration, n'osant sortir, me répondant à peine quand j'allais le voir, affectant de ne même plus vouloir entendre prononcer le nom de l'absente. Un court séjour que je lui fis faire à la campagne, produisit une diversion heureuse. Aujourd'hui, le pauvre homme a repris une à une ses habitudes : le cercle deux fois par jour, sa sieste dans l'après-midi, son loto à vingt-cinq centimes le soir. Il raconte aussi volontiers ses souvenirs d'Afrique : « Quand j'étais au camp de Médéah!. . » Ses colères, toujours violentes et soudaines, n'ont plus de portée. Et il fait autant de tours de Cours; de son pas alerte d'ancien chasseur à pied, en prenant parfois au passage le menton de quelque petite bonne.

Enfin, la ville. On en a tant parlé, les premières semaines de « la belle madame Moreau », que le sujet commence à être épuisé. Elle n'est plus là! Son grand air, l'aisance et la grâce parisiennes de son allure, ses toilettes n'offusquent plus. On sait qu'elle ne reviendra jamais! Madame Jauffret, la longue asperge montée, est seule à la dénigrer encore. De loin en loin, si quelque *canard* est dans l'air, il ne vient que de là. L'autre hiver le bruit ne courait-il pas que la belle madame

Moreau était à Nice, s'affichant chaque après-midi sur la Promenade des Anglais, dans la voiture d'un prince russe! La voiture était même attelée en tandem! Eh bien, précisément, le petit Jauffret, accompagé de sa femme, venait de reperdre à Monaco quelques milliers de francs gagnés ici au cercle... Cet été, les Jauffret sont allés à Vichy : à leur retour madame Moreau ne chantait-elle pas dans une troupe de province, sous le nom « d'*Helléna Dervalli!...* » Maintenant, il est vrai que la femme du nouveau conservateur des eaux et forêts fait parler d'elle, et qu'on dit à chaque instant : « Elle fera un jour comme madame Moreau! » Mais, au prochain scandale, la femme du conservateur des eaux et forêts servira à son tour de terme de comparaison, et il ne sera plus question d'Hélène. « Le Temps est un *grand maigre.* »

Par conséquent, ni la ville, ni le mari ni même son père...

Dans la nuit.

Et moi?

VIII

Au bout de trois années.

Je sors de l'audience à quatre heures.

Mon médecin m'a recommandé l'exercice : je me promène.

Avant-hier j'ai fait trois fois le tour de la ville, trois fois de suite, comme les ours enfermés font le tour de leur cage.

Hier, marché quelque temps sur la grande route départementale de Paris. Il s'est mis à pleuvoir, et j'ai dû revenir sur mes pas. Le parapluie ouvert, j'ai stationné un moment derrière le chalet, contre la haute grille du jardin, juste à l'endroit où le comte de Vandeuilles, à cheval, un certain soir de mai, roulait une cigarette. Le chalet appartient aujourd'hui au petit Jauffret, de plus en plus heureux au jeu. Les gouttes de pluie faisaient un grand bruit monotone en hachant les feuillages du jardin. Quelques feuilles jaunes se laissaient choir doucement, comme des papillons d'or, puis rouillaient çà et là le gravier des allées.

Aujourd'hui, temps superbe. Soleil chaud. Relu certains passages de *Madame Bovary* sous les ombrages séculaires du boulevard Saint-Louis. Puis, j'ai tourné à gauche en suivant l'ombre d'un mur. Puis, je me suis trouvé tout à coup devant la ruelle encaissée qui monte au cimetière.

J'ai rebroussé chemin.

Le lendemain.

Il a fallu que j'y retourne, à la ruelle. Que de fois, déjà, je l'ai gravie derrière des cercueils ! Et un jour, moi aussi, on m'y portera, les pieds en avant. Peut-être demain, peut-être dans... Voyons ! un petit calcul ! j'ai quarante-cinq ans : il est certain que j'ai vécu beaucoup plus que la moitié de ma vie. Eh bien ! ce jour-là, les mêmes vieux cyprès hausseront par-dessus ce mur leurs têtes d'un vert noir. La crête du mur sera hérissée des mêmes tessons de bouteilles, défense mesquine de la majesté de l'enclos des morts.

Aujourd'hui, seul, n'escortant pas d'autre bière que celle que chacun porte en soi, et où nous sentons chaque jour se dissoudre un peu de nous-mêmes, j'ai marché là. D'ailleurs, à vrai dire, j'étais moins navré qu'à la minute où j'écris cette phrase. La moiteur qui me mouillait le front et me descendait le long de l'échine, n'était pas sans volupté. Mes pieds enfonçaient dans un épais tapis de poussière. Mes yeux clignotaient au grand soleil, se fermaient. En les rouvrant, contre le haut mur, je voyais bien çà et là une lèpre de mousse calcinée et noire, sorte de suintement de la mort. Mais, dans la campagne, un paysan labourait la terre en gourmandant son mulet : — « Hue ! fainéant ! tire fort ! » Et le babil d'un petit oiseau, que je ne voyais pas, frétillait dans une haie.

Puis, tout à coup, à travers la grille de la porte, les pierres blanches des tombes. Après le machinal coup de chapeau de l'entrée, presque tout de suite, à droite, je suis arrivé devant le tombeau de ma famille. Le nom que je porte « *Mure* », gravé plusieurs fois dans la pierre froide, précédé de prénoms et suivi de deux dates. Oui ! mon père ! ma mère ! De la place pour moi ! Paf ! tout à coup, au lieu de m'appitoyer sur moi et les miens, une distraction : le sol, détrempé par la pluie, s'était affaissé, et la pierre tombale penchait à droite ! En m'éloignant, je pensais encore à la réparation qu'il faudrait faire : « Je reviendrai avec mon maçon... Pourvu encore que les murs du caveau ne se soient pas affaissés comme la pierre! » Puis je me suis trouvé devant le tombeau des Derval. Et j'ai relu l'inscription que j'ai fait mettre moi-même : THÉODORE DERVAL. — *Commandant de l'armée d'Afrique, aide de camp de Changarnier, officier de la Légion d'honneur.*

Déjà un an! Il ne se mettra plus en colère. Il ne dira plus : « Quand j'étais au camp de Médéah! » Pendant une demi-heure, après chaque repas, son teint, rouge à l'ordinaire, devenait écarlate. Un soir, après son dîner, au lieu d'aller au cercle, il dut prendre le lit. Je ne fus appelé que le lendemain. La crise était passée. — « Quelle nuit! » disait la bonne, en hochant la tête. On ne l'eût pas cru malade. Je passai l'après-midi entière à son chevet : il ne souffrait pas, ne se plaignait de rien; seulement, son agitation était extrême. Il se retournait à chaque instant dans son lit, se versait lui-même de la tisane froide, puis parlait, parlait. Il fuma même une pipe. Je lui demandai même s'il fallait prévenir Hélène. — « Gardez-vous en bien! Voyons! pour une simple indisposition!... » Elle lui avait encore écrit l'autre semaine, et il me lut cette lettre. La petite fille qu'elle avait eue du comte de Vandeuilles, était maintenant dans son treizième mois, oh! une enfant magnifique!... Hélène se trouvait encore enceinte. Ma foi, tant pis! si c'était un garçon, lui, Derval, irait à Paris pour servir de parrain à son petit-fils, et, au besoin, il l'adopterait un jour. D'ailleurs, ce Vandeuilles était « un excellent jeune homme » qui rendait sa fille heureuse. Le gendre qu'il lui aurait fallu! Et Moreau, « mon sacré Moreau », un jour où l'autre, n'avait qu'à mourir, dame!... lui, Derval ne se « foutait-il pas carrément » de l'opinion publique! Un de ces matins, il allait « bazarder » sa petite maison, quelques lopins de terre qui lui restaient à Miramont; et, ses quatre sous réalisés, il ferait un pied de nez à X.., ce trou, cette ville assommante, cette boîte à cancans. On dirait ce qu'on voudrait, il irait vivre à Paris, à côté de sa fille, de sa fille qu'il avait hâte d'embrasser... Sa fille! il lui avait pardonné depuis longtemps. Elle avait eu joliment raison, après tout, de ne pas se laisser embêter longtemps par un tas de saintes nitouche, qui, si Hélène avait un amant, en avaient, elles, plus de trente-six... Et puis, rien que pour sa santé même, Paris, la vie active de Paris, lui était indispensable. A X.., il étouffait! Il n'était pas si vieux, que diable! il se sentait encore solide. Ces soudards du camp de Médéah passaient pour des durs-à-cuire! Et après avoir secoué les cendres de sa pipe, il sortit du lit, passa ses pantoufles et alla sur le palier crier à la bonne de lui faire une côtelette. Je le quittai vers le soir, très rassuré. Au milieu de la nuit, on vint sonner violemment à ma porte : il était mort.

Le surlendemain, l'heure de l'enterrement arrivée, Hélène, malgré trois dépêches de moi, n'avait pas donné de ses nouvelles. J'avais en son nom lancé des lettres de faire part. Je dus conduire le deuil avec un arrière-petit-cousin du commandant, propriétaire à Miramont, venu pour la circonstance. Une compagnie de la garnison rendait les honneurs militaires. Il y avait beaucoup de monde : les membres du cercle où allait Derval, des magistrats, des officiers en retraite, l'indispensable M. de Lancy et son fils : tous indifférents et curieux. J'avais fait la leçon à l'arrière-petit-cousin ; et, en distribuant des poignées de main, nous répondions aux interrogations muettes, que madame Moreau très gravement malade, n'avait pu venir. Leur curiosité satisfaite, la plupart n'allèrent même pas jusqu'à l'église. A l'entrée du cimetière, le petit-cousin, très pâle, prit brusquement congé de moi, en me remerciant de ce que j'avais fait pour « son parent », moi, un simple ami, mais lui, depuis dix-sept ans déjà, n'avait plus mis les pieds dans un cimetière ! il fallait l'excuser s'il partait ! la vue des tombes lui faisait mal, c'était vraiment plus fort que lui ! Quand les soldats et le prêtre des morts se furent également retirés, je restai seul. Et, à chaque pelletée de terre des fossoyeurs tombant sourdement sur la caisse, je me disais : « Où est sa fille !... Pourquoi n'est-elle pas venue ?... Que fait-elle à cette heure ? »

Le lendemain soir, au cabinet de lecture, l'*Officiel* à la main, au lieu de lire la séance orageuse de l'Assemblée nationale, je me livrais à des suppositionst baroques. « M. de Vandeuilles est-il homme à avoir supprimé mes dépêches ? » Tout à coup, un trait de lumière : « L'an « dernier, à pareille époque, le com- « mandant ne m'a-t-il pas parlé du Tré- « port, où Hélène faisait prendre des « bains de mer à sa fille ? » Oui, elle devait être bien tranquillement à l'*Hôtel de la Plage*, avec M. de Vandeuilles, croyant son père plein de vie et de santé ! Je savais qu'elle était femme à ne pas verser une larme, à ne pas prononcer un mot, à sauter dans le premier train venu, et, après un mortel voyage de dix-neuf heures, à arriver l'œil sec, mais entouré d'un effrayant cercle bleu, et à dire : « Me voilà ! — Mais maintenant, c'est inutile. — Je le sais, je voulais tout de même venir ! » — Aussi, devinant tout, voulant tout conjurer, j'avais télégraphié à M. de Vandeuilles, — que je ne connaissais nullement, — de supprimer mes premières dépêches à Hélène, de ne lui annoncer qu'avec précaution la fatale nouvelle, enfin, de ne lui remettre qu'après l'y avoir suffisamment préparée, une interminable lettre de moi, où je racontais tout à Hélène avec beaucoup de détails ;

où je la faisais assister longuement aux derniers mois de l'existence de son père, à la maladie, à l'enterrement; où je la suppliais, enfin, de ne pas arriver, maintenant que tout était consommé, que chacun la croyait dangereusement malade, et que j'étais là, moi, pour la remplacer, pour exécuter ses intentions, pour régler ses affaires et surveiller ses intérêts de tout genre. Deux jours après M. de Vandeuilles m'ôtait un grand poids, en m'accusant réception de ma dépêche et de ma lettre parvenues à temps.

Enfin, d'elle, au bout d'une semaine, ce billet :

« Merci de tout ce que vous avez fait...
« Vous êtes un véritable ami. Si vous faisiez un voyage à Paris, venez me voir. » « HÉLÈNE. »

Même année, aux vacances.

L'an dernier, à pareille époque, j'ai visité la Suisse. Cette année, je ne bouge pas d'ici : je fais partie de la chambre des vacations. D'ailleurs, si je me décidais à aller quelque part, ce ne serait jamais à Paris.

« Venez me voir. » A quoi bon ? Je n'ai

rien à lui dire, plus aucun service à lui rendre. Avec la procuration qu'elle m'avait envoyée, j'ai réalisé la fortune de son père. Selon ses intentions, tout a été vendu, les fermes de Miramont, la maison, le mobilier aussi, — sauf quelques souvenirs que je lui ai expédiés par la petite vitesse. La voilà devenue tout à fait une étrangère pour cette ville, où elle ne remettra sans doute jamais les pieds.

« Vous êtes un véritable ami. » On sait ce que cela veut dire. Un véritable ami, à deux cents lieues de distance : mais ne franchissez pas les deux cents lieues! Allons, c'est l'indifférence absolue. Moi aussi, je dois me mettre à l'unisson, chercher un autre intérêt dans la vie.

Demain j'irai prendre un permis de chasse.

1er septembre 1873.

J'ai fait l'ouverture.

Chien mal dressé. Tous les perdreaux que j'ai vus, partis de trop loin. Manqué un lapin. En rentrant, déchargé mes deux coups sur des hirondelles, au vol. J'en ai tué une. Mon grain de plomb lui a touché le cœur. Elle a le ventre et la gorge couverts de jolies plumes blanches. Je viens de la prendre dans ma main. Son petit corps est encore chaud.

---

10 septembre.

Je ferme mes malles. Dans trois quarts d'heure, l'omnibus du chemin de fer vient les chercher, et je pars. Je me sens tout dispos et léger.

L'express pour Paris! Celui qu'Hélène prit un soir, il y a cinq ans.

IX

Paris, 21 septembre.

Je sors de chez elle. Je l'ai vue. J'ai passé l'après-midi avec elle.

Il était deux heures. Ayant déjeuné à mon hôtel, je prenais un mazagran au café Riche. Depuis que je suis à Paris, je renvoyais de jour en jour ma visite à Hélène. Tout à coup :

— Garçon, de quoi écrire !

Et j'écrivis sur une de mes cartes :

« Ma chère Hélène,

« Ici depuis dix jours. Voulez-vous me « recevoir? Demain, je me présenterai

« chez vous, vers trois heures. — Votre
« vieil ami. »

Puis je mis ma carte sous enveloppe
et, en payant ma consommation, je de-
mandai un commissionnaire. Tout à
coup, je rappelai le garçon :

— Non! pas de commissionnaire!

Et je sortis du café. Sur le boulevard,
indécis, je marchai quelque temps, ma
lettre à la main. Qu'allais-je faire pendant
vingt-quatre heures? Attendre, me ron-
ger d'impatience. Ne valait-il pas mieux
en finir? Voilà cinq ans que je désirais
ce moment, que revoir Hélène était mon
idée fixe. Un doux soleil d'automne
égayait le trottoir, embellissait les fem-
mes, ragaillardissait les promeneurs.
Mon indécision cessa, je déchirai la
lettre.

— J'y vais!

Je pris la rue de la Chaussée-d'Antin.
J'entrai pourtant dans un bureau de ta-
bac, où je choisis un cigare très cher
et blond. Place de la Trinité, je re-
gardai un moment le square. Des en-
fants jouaient sur le gravier des allées,
tantôt à l'ombre des branches, tantôt
dans du soleil. Autour d'eux, des oi-

seaux voletaient sur le gazon fraîchement arrosé. De jeunes mères, de l'âge d'Hélène, assises dans les fauteuils rustiques, causaient, brodaient. Alors, je vins fumer un moment dans le square, sur une chaise. La loueuse se présenta, me tendit le petit bulletin. En lui donnant ses deux sous, n'avais-je pas des tentations de lui parler d'Hélène, de la lui dépeindre, de lui demander si une dame comme ceci, comme cela, ne venait pas quelquefois, avec une toute petite fille! Non! elle ne s'y était peut-être jamais arrêtée, Hélène, dans ce square minuscule, élégant mais d'une élégance de grisette, bon pour les ébats de la marmaille des boutiquiers du quartier. Allait-elle souvent au parc Monceaux? au jardin des Tuileries? au Bois? A quel coin heureux et charmant de Paris accordait-elle ses préférences, pour y venir tous les jours lire, travailler, rêver? Quelle était son existence depuis ces cinq ans, depuis le matin où elle m'écrivait : « J'aime pour la première fois de ma vie. » Je ne savais rien, et, pouvant apprendre tout dans quelques minutes, tout à la fois, voilà que je restais cloué sur ma chaise, hésitant et peureux, comme celui qui n'ose plus décacheter la lettre qui va décider de sa vie entière. Enfin mon cigare s'éteignit. Il sonna trois heures.

— Allons... Plus tard, je la trouverais sortie.

Je montai tout de suite la rue de Londres. Place de l'Europe. un sifflet de locomotive! J'étais déjà rue de Saint-Pétersbourg, trottoir de droite. Je levai les yeux : « n° 16... » C'était 16 *bis*, la porte suivante, une fort belle maison du Paris nouveau de M. Haussmann. Mon coup de sonnette me retentit profondément dans la poitrine. La concierge était devant la loge.

— Madame...?

Le nom m'écorchait la bouche à prononcer. Je surmontai ma répugnance.

— Madame de Vandeuilles?

— Quatrième au-dessus de l'entresol, porte à droite.

L'escalier, superbe, doux à monter, tendu d'un tapis de marche en marche. A chaque étage, à droite de la fenêtre, une large banquette en velours rouge. Je m'assis au troisième, pour essayer de réprimer les battements de mon cœur.

Puis, gravissant très vite les dernières marches, je sonnai. Une bonne. Je lui remis ma carte.

— Je vais voir, monsieur...

Et, m'ayant introduit dans le salon, elle referma la porte sur moi. Je fus de nouveau obligé de m'asseoir. Mais je me sentais heureux. Hélène avait passé dans cette atmosphère. Il restait quelque chose d'elle dans le goût et l'harmonie de l'ameublement, dans l'arrangement de certains objets, dans le laisser aller de certains autres. J'avais vu déjà quelque part des rideaux drapés comme ceux-ci : oui, autrefois, dans sa chambre de jeune fille. Et ce gros album en cuir de Russie, avec des coins et un fermoir d'argent, je lui avais donné. Je me mis à le feuilleter. A la fin, quelques photographies nouvelles : mais les anciennes y étaient toujours, dans le même ordre. En tête, le commandant Derval, avec son ruban, son air furieux. Puis moi, plus jeune de dix ans. Puis Hélène, dans des poses diverses, à différentes époques : Hélène enfant, en petites jupes courtes ; Hélène en première communiante ; Hélène en uniforme d'élève de Saint-Denis; Hélène jeune fille; Hélène mariée. Enfin une récente que je ne connaissais pas : Hélène à Paris, plus belle et plus désirable encore, toujours fière, plus femme. Je la contemplais avidement, lorsqu'une porte s'ouvrit. Elle! Avec un enfant au bras!

Je m'étais levé très vite. Déjà je pressais sa main libre. Elle se dégagea doucement, et, me présentant sa fille :

— Regardez-la !... Comment la trouvez-vous ? Elle s'appelle Lucienne...

Mais elle ne me dit pas de l'embrasser. Je lus sa pensée dans ses yeux : Lucienne, c'était sa faute ! Elle ne s'en cachait pas, elle l'adorait, elle en était fière. Mais une délicatesse exquise empêchait Hélène de me la pousser dans les bras. Seulement, à l'idée de la situation exceptionnelle faite à ce petit être, ses longs cils s'abaissèrent sur lui. Elle le couva d'un regard de commisération et de tendresse, puis, se mit à l'embrasser follement, pour le dédommager de l'injustice des autres. Et, dans l'emportement de sa passion maternelle, je retrouvais mon Hélène tout entière, il y avait une belle révolte : « Pas d'autres que moi, pour aimer ma fille, moi seule!»

Comme autrefois, alors, je voulus l'entourer de douceur. Je la conduisis au fauteuil que je venais de quitter. Moi, un genou en terre à côté du fauteuil, je me mis à jouer timidement avec Lucienne. D'abord, je pris délicatement ses menottes, et les ayant effleurées de mes lèvres, je me fis donner de petites tapes sur le visage. Puis, comme l'enfant souriait : « Je ne te fais donc pas peur! m'écriai-je. Viens donc, nous allons être de grands amis... » Et je l'attirai avec précaution, des bras d'Hélène qui n'osa pas me la refuser. Maintenant, à deux genoux sur le tapis, je faisais rire la petite aux éclats, feignant de l'envoyer en l'air, plus haut que ma tête, puis, tout à coup, la laissant retomber; et, chaque fois, je profitais de sa joie pour l'embrasser furtivement sur le front, sur le cou, sur ses fins cheveux naissants. Ah! si quelqu'un de mes collègues graves de la Cour d'appel de X.. avait pu me voir ainsi! M. de Vandeuilles, seulement, serait entré! Une peur d'être ridicule me fit brusquement regarder Hélène.

— C'est que je vous ai aussi fait sauter comme ça, vous, autrefois!

— Oui, je sais, vous êtes un bon et fidèle ami... Et, depuis cinq ans, que de choses vous devez avoir à me dire!

Sa main me désignait un siège près d'elle. Quand je fus assis :

— Voyons! d'abord, mon père? dit-elle avec émotion.

Mais Lucienne, voyant que je ne m'occupais plus d'elle, se mit à pleurer.

— Attendez! fit Hélène.

Elle me la reprit, la consola, l'embrassa, puis sonna et la fit emporter.

— Eh bien, mon pauvre père?...

Nous parlâmes longtemps du mort. Elle m'interrogeait sur ce qu'elle savait déjà, multipliant les questions, avide de minutieux détails. Tout en la satisfaisant de mon mieux, une partie de mon être était distraite, ne s'intéressant qu'à la joie d'être là, errant des fleurs bleues du tapis aux vases du Japon sur la cheminée, m'efforçant de graver à jamais en moi l'empreinte de cet intérieur, pour l'évoquer à volonté et y vivre par la pensée quand je m'en serais éloigné. Par la fenêtre ouverte, un cerceau d'enfant et sa baguette, attendaient, au milieu du balcon plein de soleil. De petits cris de Lucienne jouant avec sa bonne, m'arrivaient de la pièce voisine. Et c'était surtout à Hélène que je m'attachais, moulant en moi les traits de son pâle visage, les contours de sa chevelure, les moindres plis de son peignoir un peu ample pour dissimuler sa nouvelle grossesse, guettant la pointe de sa pantoufle qui se cachait à chaque instant comme une petite bête craintive. Et, à mesure qu'elle me parlait, je vibrais à toutes les émotions que je voyais passer au fond de ses grands yeux noirs. La maladie de son père : je souffrais avec elle L'enterrement : une rage me secouait comme elle, contre la curiosité malveillante d'une population ! Une larme tremblait entre ses cils à la pensée que, depuis l'enlèvement, elle n'avait plus revu le bonhomme, qu'elle ne le reverrait jamais : et je me sentais le cœur gros ! Elle éclata enfin.

— Au moins, si je l'ai fait souffrir, êtes-vous sûr, vous, qu'il m'ait pardonné?

Des sanglots soulevaient profondément sa poitrine. Alors, de même que je m'étais mis à faire jouer la fille, j'essayai de sécher les yeux de la mère. Je lui pris les mains avec un peu de notre familiarité ancienne, lorsqu'elle portait encore des robes courtes et venait s'asseoir sur les genoux de son grand ami pour lui confier quelque joie débordante ou quelque gros chagrin. Et je lui dis tout ce que je trouvai de tendre et de consolant. Son père lui avait si bien pardonné, qu'il croyait braver le qu'en-dira-t-on, et venir à Paris vivre avec elle, chez elle ! Elle avait bien fait, malheureuse à X.., de se mettre au-dessus des préjugés, de braver au grand jour l'opinion publique. On ne vivait qu'une fois, après tout ! Qu'importaient les sots, les envieux, le blâme de quelques puritains de salon, les maximes de certains moralistes bêtes, la réprobation des hypocrites ? Les principes mêmes... Ah ! si les magistrats, mes collègues, en ce moment avaient pu m'entendre ! Je lui disais des choses que je ne pense pas ordinairement. Morale, logique, société, j'eusse tout voulu réduire en poudre, pour avoir de quoi sabler et rendre moins glissant le sentier dangereux où s'est engagée Hélène.

— Qu'est-ce que tout cela si vous êtes heureuse!... Mais l'êtes-vous, au moins?

Et comme, pour sonder toute ma pensée, les regards d'Hélène se plongeaient dans les miens, je lui pris de nouveau les mains, et je m'enhardis à les lui baiser.

— Je ne vous pardonnerais pas, moi Hélène, si vous n'étiez pas heureuse...

Elle dégagea aussitôt ses mains, eut un sourire.

— Mais oui, mon ami, je suis heureuse... Pourquoi voulez-vous que je ne le sois pas?

Une demie sonna à la pendule. Hélène jeta les yeux sur le cadran.

— Tiens! quatre heures et demie, fit-elle. Attendez.

Elle ouvrit la porte de la salle à manger, pour dire à la bonne qu'il était temps que Lucienne prît son bouillon.

— Moins de pain qu'à l'ordinaire, s'il vous plaît!... Elle a l'estomac un peu embarrassé.

Je m'étais levé et j'avais repris mon chapeau sur un meuble.

— Je vous dérange... Je pars.

— Non.

Et elle me débarrassa de mon chapeau. Elle ne sortait pas de l'après-midi, Lucienne étant un peu souffrante. Elle n'avait rien à faire. Nous avions tout le temps de causer. M. de Vandeuilles ne rentrait que pour dîner, vers sept heures et demie. Encore n'était-ce pas aujourd'hui jeudi? Chaque jeudi, M. de Vandeuilles dînait à son cercle.

— Tiens! il vous laisse seule!

— Avec ma fille, répondit-elle très naturellement.

Et, changeant de conversation:

— Avez-vous vu ma salle à manger?

La salle à manger était claire et gaie, avec sa large fenêtre ouverte sur le balcon. Assise sur les genoux de sa bonne, Lucienne prenait son bouillon. Des oiseaux des îles voletaient dans une volière en acajou. Un pan de soleil tombant sur le parquet poli, rejaillissait en une gerbe de rayons, faisait reluire les pièces d'argenterie du buffet, un buffet à crédence en vieux chêne. Maintenant que nous y étions, elle voulut me faire visiter le reste de l'appartement: leur chambre, celle de Lucienne, la cuisine et une autre pièce, à peine meublée celle-là, « le cabinet de M. de Vandeuilles ». Rien qu'un bureau, quatre chaises, un encrier et du papier à lettre oublié sur le bureau ; mais pas de bibliothèque, pas un livre. Des fleurets accrochés à la muraille, avec des gants d'escrime et un masque. Une boîte de pistolets de combat sur une chaise. Hélène ramassa quelque chose qui traînait à terre : un écrin de lorgnette de théâtre, qu'elle posa sur la tablette de la cheminé. Des cartes de visite, des lettres décachetées, de vieilles entrées au pesage, une pipe et des cigarettes faisaient un petit fouillis sur le velours de la tablette.

— Il ne se tient presque jamais dans son cabinet, m'expiiqua Hélène. Aussi me donnera-t-il bientôt cette pièce, quand je vais en avoir besoin...

Et elle ramena davantage son peignoir sur son ventre de femme enceinte.

Nous étions revenus au salon. Au lieu de se rasseoir, elle sortit sur le balcon, je la suivis. Très spacieux, car on aurait pu y dresser une table et y dîner, ce balcon faisait le tour de l'appartement. Une rangée de vases, choisis par Hélène, mettaient le long de la rampe la gaieté de leurs fleurs, tout un bariolage de couleurs éclatantes.

— Et cette vue! s'écria Hélène, accoudée sur le balcon. Que dites-vous de cette vue?

Une échappée sur l'ensemble du quartier de l'Europe : de hautes maisons de construction moderne, semblables entre elles, aux façades superbes, tout un éventail de larges rues régulièrement tracées, portant chacune un nom de capitale. Ça et là, une façade de derrière, coupée de haut en bas par la rainure d'une étroite cour intérieure, percée de tout un damier de petites fenêtres. Quelquefois, une vitre incendiée de rouge par le soleil couchant, un pan de mur couvert des lettres gigantesques d'une réclame. Puis, en bas, devant nous, la trouée béante du chemin de fer; le profil noir d'un pont de fonte, solide et léger; un enchevêtrement de rails courant au fond d'un immense chenal sans eau, où des locomotives allaient et venaient dans un commencement d'obscurité bleuâtre. Les unes, celles qui partaient, se mettaient mathématiquement en mouvement, avec des hoquets de bêtes puissantes. D'autres revenaient, lentes, lasses peut-être, puis dégorgeaient tout à coup leur vapeur, avec un formidable soupir de soulagement. Et des flocons de fumée noire sortaient des arches du pont, se déroulaient en anneaux grossissants, se dissipaient en buée. Çà et là, entre les fils pressés du télégraphe, des trains interminables manœuvraient, secouant longuement les plaques tournantes. Des signaux retournaient de temps en temps leur disque rouge et vert. Et tout cela, vivant d'une vie prodigieusement intense, était régulier, imposant et grandiose. On se sentait petit, soi, devant le spectacle tout moderne d'une force de la nature domptée par un effort collectif, multipliée, utilisée.

— Je n'avais jamais bien regardé le chemin de fer! m'écriai-je. Je ne croyais pas que ce fût si beau!

— Mon impression a été la même, la première fois...

Et c'était ce qui l'avait décidée à se loger à un cinquième. A la longue, pourtant, l'œil s'accoutumait aux plus belles choses; elle finissait par ne plus y faire attention, excepté le soir. C'était saisissant, la nuit tombée, lorsqu'une infinité de becs de gaz immobiles surnageaient au dessus d'un lac noir, au fond duquel glissaient continuellement les wagons et les locomotives. Lucienne, alors, dormait dans son petit lit. Elle, venait s'asseoir sur le balcon, seule, et passait des heures à regarder toutes ces lumières animées. Il y en avait de vertes, de rouges, de bleues, qui semblaient jouer à se poursuivre et à se dépasser, comme des étoiles de chandelles romaines, tandis que d'autres ne remuaient pas. Les locomotives circulaient, superbes, toutes noires au milieu de leur rougeur de fournaise, haletantes, soufflant leur fumée embrasée. Mais je n'écoutais plus Hélène. Je ne pensais qu'à une chose : M. de Vandeuilles la laisse seule, et pendant des soirées entières! Quelle autre affaire peut-il avoir, que de lui tenir compagnie! Hélène a parlé de cercle : il joue! Passerait-il ses soirées à courir les théâtres? Aurait-il d'autres maîtresses? Moreau, lui, ne sortait pas le soir, mais s'endormait et ronflait. Celui-ci vaut-il mieux?

— Tiens! fit-elle avec un sourire railleur, à quoi pensez vous?

Et, comme, je ne répondais pas, elle ajouta :

— Je n'aime pas vos distractions.

Elle me devinait peut-être! Ma confusion était grande. J'essayai alors de lui dire timidement :

Quand vous passez vos soirées seule, je voudrais être ici, sur ce balcon...

Mais elle me cassa bras et jambes par cette phrase :

— Vous êtes donc resté le même, mon pauvre monsieur Mure?... Toujours dans la lune!

Rentrés au salon, nous nous étions assis sans rien dire. La tête basse, absorbé par la contemplation machinale des fleurs du tapis, je pensais : « C'est elle qui est toujours la même! je ne le sais que trop!... Et moi, je ne suis rien pour elle, je ne compte pas dans sa vie... Si elle m'a d'abord vu volontiers, si elle a tenu à me faire faire le tour de son appartement, c'était uniquement pour me montrer de sa vie ce qu'elle voudrait que tout le monde en sache, là-bas, à X.., qu'elle a les dehors du bonheur... Mais, quand j'ai voulu approfondir, après avoir tâché de me donner le change, elle s'est révoltée; l'intérêt que je lui porte l'exaspère, et ma pitié lui fait horreur! » Toutes ces réflexions poussées à la fois, en moins de temps que je ne mets à les écrire, douloureuses à porter comme une brassée d'orties; puis, au milieu d'elles, cette conviction : « Elle n'est pas heureuse! » Et, tout au fond de moi, sans trop m'en rendre compte, une sorte de satisfaction mauvaise, rendant moins lancinantes mes blessures. Apercevant alors mon chapeau à côté de moi, sur une chaise, je le repris à la main. Et, le silence devenant gênant, je cherchai quelque chose à dire. Mais je ne trouvais rien, maintenant, j'aurais voulu être parti.

— A propos, dis-je enfin, j'allais oublier le but principal de ma visite!... J'ai quelque chose pour vous.

Et, tirant mon portefeuille, je lui remis une lettre, de l'acquéreur de sa maison à X.., avec un chèque, pour la moitié de la somme due, et un renouvellement de billet pour le reste. Après quelques phrases encore, sur des sujets indifférents, je me levai.

— Avez-vous à me charger d'une commission quelconque?

— D'aucune... Merci.

Elle ne me retenait plus.

— Et Lucienne ! Je voudrais l'embrasser encore.

— Attendez.

Elle sonna. La bonne parut, mais Lucienne, un peu fatiguée, avait fini par se laisser mettre sur son lit. Maintenant, elle dormait.

— Il ne faut pas la réveiller. Hélène, vous l'embrasserez pour moi.

— Mais vous ne quittez point Paris... Quand reviendrez-vous?

— Je n'en sais rien... En tout cas, je vous fais mes adieux.

Elle me tendit sa main, que je gardai un moment dans la mienne, en lui disant avec une certaine solennité :

— Adieu... Hélène, adieu!

C'est fini. Non seulement je ne remettrai pas les pieds chez elle, mais je reprends demain matin le chemin de fer.

Je sonne le garçon de l'hôtel pour régler ma note.

X

X..., septembre 1874.

Un an, encore, sans que j'aie touché à

ces feuilles déposées au fond d'un tiroir. En un an, rien.

Je n'ai plus entendu parler d'elle. La vie ici continue, plate et monotone, grise. Il y en a qui se marient, il y en a qui meurent, il y en a qui naissent. L'hiver dernier, le premier président et le procureur général ont donné beaucoup de dîners. Mais les de Lancy, déjà au bout de leur rouleau, ont passé six mois à Lancy, par économie, dit-on. Le Jauffret a des hauts et des bas, au baccarat. On le disait sur le point de revendre l'ancien chalet de Moreau ; mais la déveine a dû cesser, puisqu'il vient d'y mettre les ouvriers : on repeint la façade, il s'agit de toute sorte d'embellissements. La Jauffret, toujours une longue asperge, disgracieuse. Trois nouveaux cercles sur le Cours. Et le conservateur des eaux et forêts vient de recevoir son changement, à cause de la conduite scandaleuse de sa femme.

Pas une ligne d'elle. Elle ne m'a même pas fait savoir sa délivrance. Une seconde fille ou un garçon ? je l'ignore. Et dire que, chaque fois que j'ai reçu une lettre, avant de l'ouvrir, avant même de jeter les yeux sur l'adresse, j'ai éprouvé une seconde d'espoir ; puis, rien ! Voilà mon année.

Ah ! j'oubliais. Aux vacances de Pâques, Moreau est venu en France. Il a passé une demi-journée à X.., est venu me voir. Très calme, très satisfait, il n'a fait aucune allusion au passé. Nous avons causé une grande heure, d'Algérie, politique. « Que me veut-il ? A quoi dois-je sa visite ? » me demandais-je tout le temps. Il a fini par me confier qu'une place de président de Chambre serait bientôt vacante à Alger. Il venait me tâter, savoir si je l'appuierais auprès de mes amis du ministère. Pourquoi pas ? Nous avons dîné ensemble. J'ai écrit trois longues lettres sous ses yeux. Puis, la nuit tombée, il est reparti.

Même jour.

La domestique, Nanon, frappe à la porte de mon cabinet.

— Entrez.

— Monsieur, c'est une « lettre de mort », voilà.

Elle vient de Paris ! Je regarde l'adresse. Mais il me semble connaître cette écriture ! N'est-ce pas celle de M. de Vandeuilles? Je l'ouvre.

« M...,

« Madame Hélène Moreau, née Derval, « a l'honneur de vous faire part de la « perte douloureuse de sa fille, mademoi- « selle Lucienne, décédée à l'âge de « deux ans et demi. »

« *De profundis.* »

Octobre 1874.

Pas de réponse, au bout d'un grand mois, à ma longue lettre écrite après la mort de Lucienne. Connaissant son caractère, j'avais pourtant évité, tout ce qui aurait pu la froisser.

Elle doit être bien triste. Il lui serait si facile de m'envoyer quatre lignes.

---

25 avril, 1875.

Trois autres lettres, en huit mois, restées sans réponse. Et moi, Hélène, qui ne parviens pas à t'oublier ! Je ne sais que m'imaginer.

Je lui écris encore.

---

3 mai.

Je pars.

Paris, 4 mai, 7 h. du matin.

Pas dormi de la nuit en chemin de fer. Descendu au même hôtel qu'il y a trois ans, près du Palais-Royal. Le garçon est allé me commander un bain. Puis, j'avale un consommé, je m'habille, et, malgré l'heure matinale, je me présente rue de Saint-Pétersbourg.

XI

Paris, 5 mai.

Que d'émotions depuis mon arrivée! Que d'inquiétudes! J'ai plus vécu, ici, en vingt-quatre heures, que pendant des années à X.. Et toute ma fièvre tient dans cette ligne : « Je ne sais ce qu'est devenue Hélène. »

Hier matin, rue de Saint-Pétersbourg. La porte était ouverte et la loge déserte. J'avais déjà gravi quelques marches, comptant, vu l'heure matinale, déposer ma carte et demander à quelle heure de l'après-midi je pourrais revenir. Tout à coup la concierge arrivant dans la cour, un balai à la main :

— Où allez-vous?

— Chez madame de Vandeuilles.

— Elle ne demeure plus ici... Il y a bientôt deux ans.

Deux ans! et elle ne me l'avait pas fait savoir! Que de fois, pendant ces deux ans, je me l'étais imaginée dans son appartement, s'occupant de sa fille, de ses fleurs et de ses oiseaux, ou, le soir, sur son balcon, regardant le chemin de fer!

— Etes-vous sûre qu'il y ait deux ans?

— Oui, au terme d'avril, je me souviens... Quand ce monsieur donna congé, sa dame venait d'accoucher d'un garçon mort... Leur petite aussi était toute malade.

— Et leur nouvelle adresse?

La concierge ne la savait plus. Près des fortifications, aux Ternes, peut-être à Passy ou à Auteuil, ou ailleurs. Son mari, cependant, devait se rappeler l'adresse, lui, qui avait aidé aux déménageurs. Garçon de bureau au ministère des finances, ce mari. Vite, un fiacre, et au ministère! Le garçon de bureau interrogé, me voilà à l'entrée de la Cité-des-Fleurs, aux Batignolles. Je renvoyai la voiture. Il était à peine dix heures.

Je ne connaissais pas la Cité-des-Fleurs. Tout au bas de l'avenue de Clichy, plus loin que le dernier bureau de l'omnibus de l'Odéon, au fond d'un quartier excentrique et populaire, qu'elle ne fut pas ma surprise! Paris vous réserve de ces éblouissements. Il me sembla tout à coup que j'entrais dans un bouquet odorant qui était une volière : rien que de la verdure, des fleurs, et du soleil, et des oiseaux voletant sur le vert tendre des pelouses. Tout cela un jardin unique, fait de deux cents petits jardins contigus séparés par des murs bas qui disparaissaient sous les plantes grimpantes, très long, et resserré entre deux rangées de petits hôtels coquets. Au milieu, entre les grilles des jardins, un étroit passage pavé, avec rond-point de distance en distance. Et, à mesure que j'avançais, la douceur de la matinée de printemps, les émanations suaves, les gazouillements et les bruits d'ailes, me parlaient d'Hélène. « Voilà ce qu'elle aime! Elle a passé par ici, je le sens, elle y est encore. A l'autre bout, l'avant dernier de ces jardins à gauche, m'a-t-on dit! Peut-être n'aurai-je pas besoin de sonner : entre les barreaux de la grille, si je l'aperçois tout de suite, assise dans son petit jardin, en chapeau de paille! Il faut m'attendre à la trouver en noir, portant encore le deuil. Elle n'aura pas voulu quitter ces fleurs et ces oiseaux, les derniers vers qui Lucienne ait tendu ses petites mains... » A l'avant-dernière maison de gauche, je regarde à travers la grille : pas d'Hélène en chapeau de paille! Le jardin, plus grand que les autres, médiocrement tenu. Sur la porte, deux ou trois écriteaux pendus : *pension de famille, — appartements meublés et non meublés*. Je sonne, à tout hasard. La bonne qui vient m'ouvrir : « Je ne connais pas de madame de Vandeuilles, il n'y a que trois mois que je suis ici... Je vais appeler madame... » Mais madame, sans doute à sa toilette, me fait attendre un gros quart d'heure. Par une fenêtre du rez-de-chaussée ouverte, la salle à manger où deux hommes mettaient la nappe pour le déjeuner, une nappe étriquée de table d'hôte, çà et là tachée de vin. Non! jamais Hélène n'a demeuré ici! Enfin, voici madame, une masse informe, débordant de chair, une bonne grosse commère de cinquante ans, avec des anglaises, affable, expansive, toute disposée à causer.

— Oui, madame de Vandeuilles a demeuré chez moi...

Ma figure dut exprimer mon étonnement.

— Attendez, monsieur, vous allez savoir...

Pas moyen de placer un mot, il me fallut subir ses interminables explications. D'abord elle tenait une pension bourgeoise, elle, et quelle pension! Ce n'était pas un hôtel, au moins, comme celui dont j'avais dû apercevoir l'écriteau jaune, tout à l'autre bout de la Cité, en arrivant par l'avenue de Clichy! Cet hôtel de la Cité-des-Fleurs, à l'entendre, mal habité, déshonorait la Cité, « un endroit si tranquille, si comme il faut, si aristocratique », tandis que sa pension à elle ne faisait nullement tache. Et sa maison par-ci! et sa maison par-là! Chez elle on se trouvait bien, on vivait en famille! Et, rien que des personnes distinguées: commerçants retirés, officiers en retraite, une vieille dame noble avec son fils employé au ministère; tous gens posés, de bonne paye, heureux de trouver en plein Paris des jardins, un petit paradis terrestre, l'air pur de la campagne. Seulement, très difficile sur le choix de ses pensionnaires, comme elle en refusait journellement, elle avait de la place de reste, et sous-louait, non meublés, les deux appartements du second étage.

— Tenez! Madame de Vandeuilles occupait celui du devant... ces trois fenêtres-là...

Les trois fenêtres étaient à cette heure en plein soleil, grandes ouvertes. A l'une, sur la ficelle tendue en travers, séchait du linge d'enfant qu'on venait de savonner, des petits bas, de blanches chemisettes. Et ces petits bas n'étaient plus ceux de Lucienne.

— Veuillez me dire la nouvelle adresse...

— Hélas! avec la meilleure volonté du monde, monsieur...

— Comment? vous ne la savez pas! m'écriai-je dans un grand trouble.

Elle, alors, de nouveau :

— Attendez! monsieur, je vais vous expliquer...

Et, à chacune de mes impatiences, quand je voulais couper court, m'éviter une partie de ses bavardages, cette grosse femme, éternellement :

— Attendez! monsieur, vous allez savoir...

D'abord, un grand éloge d'Hélène. Cette personne avait l'air si bien élevée, si grande dame et en même temps si polie et douce. Lui, aussi, était fort distingué, mais plus cassant, plus raide, presque dur pour le pauvre monde. Néanmoins, à eux deux, un bien intéressant ménage. Maintenant, étaient-ils mariés? ne l'étaient-ils pas? Mon Dieu! les affaires des gens sont leurs affaires! et il ne fallait pas mettre le nez dans celles des autres, surtout quand il s'agissait de gens honorables, tenant leurs engagements et ne faisant pas remarquer une maison : bien au contraire! Dès le commencement des dix-huit mois, cette jeune dame paraissait éprouver des chagrins. La santé de sa fillette était si délicate. Elle était venue sans doute demeurer dans la maison pour que le bon air de la Cité fît du bien à la petite, mais la petite ne s'en portait guère mieux. Et, pour tout dire, monieur, lui, ne devait pas mener une conduite bien régulière. Comme les autres locataires, il avait son double passe-partout de la grille et de la porte d'entrée;

chaque nuit, malgré la précaution qu'il prenait de marcher à pas de loup comme un voleur, chacun l'entendait rentrer à des heures indues. A des quatre heures, à des cinq heures du matin ! Tellement que les pensionnaires le surnommaient le « boulanger », parce que, disaient-ils en riant, M. de Vandeuilles doit travailler la nuit, et comme les garçons boulangers, ne rentre qu'à l'aurore! Mais, si les pensionnaire riaient, cette jeune dame, elle, avait souvent les yeux rouges.

— N'est-ce pas, il jouait?

— Attendez, monsieur, vous allez comprendre..

Je ne comprenais que trop. A mesure que la maîtresse de la pension bourgeoise me dévidait ses complaisantes explications, un drame navrant se dressait devant moi. Je reconstruisais tout, maintenant. Je devinais ce qui s'était passé rue de Saint-Pétersbourg. Là, vers l'époque où Hélène était accouchée avant terme d'un garçon mort, M. de Vandeuilles avait dû éprouver au jeu de grandes pertes. Peut-être la débâcle, depuis longtemps imminente, s'était-elle produite juste au moment où le contre-coup du vice du père pouvait être fatal à celui qui allait naître. En tout cas, il avait fallu réaliser à tout prix de grosses sommes, payer, songer à réduire les dépenses, le train de maison. Alors, congé de l'appartement de deux mille francs ; Hélène avait cherché de préférence dans un quartier éloigné ; puis séduite à première vue par la Cité-des-Fleurs, ne voulant plus demeurer que là, elle n'avait trouvé de vacant qu'un petit appartement de six cents francs. Et l'intérêt de la santé de sa fille, l'espoir que son amant, loin des cercles, changerait de vie, l'avaient emporté sur sa répugnance personnelle à demeurer au-dessus d'une « pension de famille ». Mais, ici, déceptions sur déceptions : Lucienne meurt, M. de Vandeuilles joue. N'ayant plus de fille, Hélène a la faiblesse de laisser dévorer sa modeste fortune personnelle par le joueur qui espère toujours se rattraper. Alors, la gêne ! Il faut renvoyer la domestique, Hélène prend pension dans la maison, mais on lui monte ses repas dans sa chambre. Le joueur découche, reste des quarante-huit heures sans reparaître : à la fin, rupture ! Et voilà Hélène, au commencement de l'hiver, dans une affreuse position : seule au monde, sans famille et sans amis, ruinée, désenchantée. Avec son caractère, n'osant peut-être plus sortir, passer sous les regards curieux et compatissants des pensionnaires. Probablement, des dettes !

— Attendez, monsieur !... Oh ! elle ne me devait pas grand'chose : un terme en retard, et deux ou trois mois de nourriture, en tout quelques centaines de francs... Et je ne lui réclamais rien, moi, je n'étais pas pressée, j'avais confiance... Cette dame possédait d'ailleurs de quoi répondre, oui ! un superbe mobilier : rien que l'armoire à glace valait quatre fois ce qu'elle me devait... C'est elle qui, un matin d'octobre, me fit monter chez elle, pour me demander si je ne pourrais pas lui faire venir un marchand de meubles. Elle voulait tout vendre, partir immédiatement, peut-être voyager... Moi, je lui disais : « Madame a tort, madame devrait au moins conserver ici un pied-à-terre ; la maison est très convenable pour une femme du monde seule. » Puis, quand je vis que tout était inutile : « Eh bien, justement, il faut que je descende dans Paris ce matin avant le déjeuner, je préviendrai mon tapissier... » L'après-midi, le tapissier vint, lui estima ses meubles trois mille deux cents francs, elle en voulait cinq mille, ils tombèrent d'accord à quatre. Elle eut l'argent le lendemain matin, passa la journée à faire ses malles, dîna, puis la bonne alla lui chercher un fiacre à galerie, à la station de la Fourche, et cette dame partit. Pour ce qu'elle me devait, nous nous étions arrangées, j'ai eu son armoire à glace. Que voulez-vous ? monsieur, moi, elle m'avait toujours tapé dans l'œil cette armoire à glace et je l'ai maintenant dans ma chambre...

J'étais accablé. Hélène partie depuis le mois d'octobre, avec quatre mille francs, épave de sa fortune, sans dire où elle allait. Et nous étions en mai !

— Enfin, madame, tâchez de vous rappeler... Si madame de Vandeuilles n'a rien dit, ne pourriez-vous retrouver quelque indice ?... N'avez-vous jamais plus entendu parler d'elle ?

— Attendez, monsieur...

Et je voyais la grosse femme faire

un effort de mémoire. Elle secoua la tête, et ses deux anglaises remuèrent. Non! quelques jours après, la bonne qui était aller chercher la voiture, prétendait bien avoir revu la dame, un soir, dans l'avenue de Clichy. Mais ce n'était pas possible! Cette bonne, aujourd'hui retournée dans son pays, avait dû se tromper. Elle-même, ne sortant que fort rarement à la vérité, n'avait jamais rencontré sa locataire depuis, dans l'avenue ni ailleurs. Dans son idée, la jeune dame paraissant craindre l'hiver et aimer le soleil, avait dû partir dans le Midi, peut-être à Nice... Voyant que je n'en tirerais rien de plus, dévoré de soucis, je lui avais déjà tourné le dos et je me dirigeais machinalement vers la grille, en pensant que j'allais écrire le jour même à un de mes anciens condisciples, juge-suppléant à Nice. La grosse femme maintenant silencieuse, me suivait. La main sur le bouton de cuivre, je me retournai tout à coup pour la remercier et prendre congé d'elle. Il était midi. En face, dans la salle à manger, par la fenêtre ouverte, les pensionnaires déjà à table, nous regardaient. Elle alors, souriante, dans un balancement tout gracieux de ses anglaises :

— Attendez, monsieur !... Monsieur ne voudrait pas déjeuner avec nous ?

Manger là, non ! Mais, quel que soit le résultat de mes démarches pour retrouver Hélène, je ne partirai pas sans aller revoir la Cité-des-Fleurs.

---

10 mai.

Rien !

Mes démarches à la préfecture, infructueuses. On l'a recherchée au bureau des garnis sous différents noms que j'ai indiqués : Derval..., Vandeuilles..., Moreau. Un agent, mis à ma disposition par le secrétaire du préfet, est même allé dans plusieurs hôtels et maisons meublées. Aucune des femmes inscrites sous un de ces trois noms, n'était Hélène.

Rien non plus à Nice. Mon ancien condisciple, le juge-suppléant, vient de me répondre. Il se souvient parfaitement de « la belle madame Moreau », dit-il; et une femme pareille ne passe pas inaperçue. Les recherches auxquelles il s'est livré, par pur acquit de conscience, n'ont fait que le confirmer dans sa certitude :

de tout l'hiver, madame Moreau n'a pas mis les pieds à Nice, ni à Monte-Carlo, ni à Antibes, ni à Cannes, ni en aucun point intermédiaire du littoral.

Alors, où est-elle? Dans quelle direction porter mes recherches? Je m'agite et me débats du matin au soir, en des tentatives stériles. A force de me creuser la tête, j'en arrive à des imaginations insensées. Au moins, si j'avais pu retrouver le numéro du fiacre à galerie attelé de deux chevaux, qui, un soir d'octobre, est venu la prendre à la pension de famille avec ses malles. Je suivrais toujours un peu plus loin la trace d'Hélène. Le cocher m'eût appris où il l'avait conduite ce soir là : dans un hôtel ou à quelque gare! A l'hôtel, je retrouvais le nouveau nom qu'elle a dû prendre; la gare me faisait probablement deviner la contrée vers laquelle elle a pu se diriger! Mais je me suis adressé en vain à la Compagnie générale des Petites-Voitures. J'ai inutilement mis une annonce au *Petit Journal*, que lisent les cochers. Est-elle encore à Paris? En France seulement? De la part d'un caractère comme le sien, fier et décidé, les résolutions extrêmes sont les plus probables, Qui sait? l'Amérique, avec une vie nouvelle? ou la mort anticipée d'un couvent? ou autre chose?

Avant-hier, je suis allé à la Morgue. De la grille du square triste qui est derrière Notre-Dame, à la vue du sinistre bâtiment, une grande émotion me serra à la gorge. « Si je me trouve en face d'elle étendue sur une des dalles, nue, le visage défiguré par les douloureuses contorsions de l'agonie ! ». Je doublai le pas, j'entrai. Il n'y avait pas de cadavre. Les visages des passants entrés par curiosité, prenaient une expression désappointée; certains se regardaient en souriant. Je ne quittais pas des yeux les vêtements des morts anciens dont l'identité n'est pas reconnue, défroque lamentable pendue derrière le vitrage. Çà et là, des nippes de femmes. Quel cœur avait pu battre autrefois sous cette guimpe effilochée! Sur quelle jambe, ce bas couleur chair taché de sang, était-il excitant à voir, bien tiré! Vers quelle passion aussi avaient-elles dû trotter, ces petites bottines, maintenant en bouillie pour avoir séjourné dans la Seine! Etais-je bien sûr, qu'elles n'avaient pas chaussé les petits pieds d'Hélène?

Et, hier soir, en sortant de dîner... Il était de trop bonne heure pour aller me coucher, je fumais un cigare sur le boulevard. Tout à coup, devant le café des Princes, je m'arrête, pétrifié : une femme, seule à une table, devant un bock à moitié bu, me souriait. « Hélène !... Mais voilà Hélène ! » C'était à s'y tromper ; cette femme lui ressemblait tellement, mêmes traits, même regard, même sourire, que c'était Hélène, et Hélène me reconnaissant, m'appelant, me faisant de petits signes de tête. Comme je restais planté là, ne pouvant en détacher mon regard, voilà qu'à des tables voisines, d'autres femmes seules se mettaient à m'appeler : « Psttt ! hé ! le monsieur ! Psttt !... » Elle, se levant sans achever son bock, marcha résolument vers moi, et glissa sous mon bras sa fine main gantée, tout naturellement, comme si nous nous connaissions de vieille date. Sa taille, plus mince et plus petite, ne rappelait guère celle d'Hélène. Une fille, d'ailleurs, toute jeune, vingt ou vingt-deux ans. Mais quand nous eûmes dépassé un peu le café, au moment où j'allais dégager mon bras, elle me dit je ne sais quoi, et le timbre de sa voix produisit en moi un charme singulier. C'était une voix déjà entendue, et dont la vibration claire, fraîche, un peu grêle, me ramenait à une époque lointaine : la voix d'Hélène toute jeune fille. Et je ne dégageais plus mon bras, je me laissais mener par elle où elle voulait; je lui faisais au hasard les premières questions venues, pour qu'elle me parlât; puis, fermant à demi les yeux, oubliant le sens de ses paroles pour n'en savourer que la musique, il me semblait par moments qu'au lieu de remonter cette rue du Faubourg-Montmartre, nous nous promenions encore dans les prairies de Miramont, vingt ans auparavant! Nous ralentissions le pas du côté des grands saules, et je pressais contre moi le bras de l'élève de Saint-Denis en congé, qui me faisait gravement ses confidences. Ce fut tout à coup comme si je m'éveillais. Rue Notre-Dame-de-Lorette, devant une porte, la jeune femme sonnait, sonnait, en me disant de sa voix d'Hélène : « Il me manque deux louis pour payer un billet... N'est-ce pas, mon chéri, tu vas être généreux? »

XII

12 mai.

Hôtel de la Cité-des-Fleurs, chambre 7. — Voilà où j'écris ces lignes. — Hélène, retrouvée par le plus grand des hasards, est à la chambre 6.

Elle ne se doute pas qu'une simple cloison nous sépare. Je viens de l'entendre remuer une chaise.

Moi-même, par moments, je me passe la main sur le front. J'ai besoin de me toucher pour me convaincre que je ne rêve pas. Oui, je suis tout à fait éveillé ! Voici d'ailleurs comment la chose est arrivée.

Très simplement. Je m'étais promis d'aller revoir un jour ou l'autre cette Cité-des-Fleurs où Hélène a vécu dix-huit mois, les plus mauvais dix-huit mois de sa vie. Hier, vers dix heures du soir, je rentrais. J'étais place du Palais-Royal. Il faisait une nuit de printemps. La place était pleine de gens s'attardant avec délices. Des couples se parlaient doucement. Pour la première fois de l'année, les cafés avaient mis leurs tables dehors. J'entrai au bureau de tabac de la Civette rallumer mon cigare. Puis, comme je stationnais sur le trottoir, accablé de me sentir seul par cette soirée tiède, peu pressé d'aller me mettre au lit et sûr de n'y pas dormir, voici que l'omnibus aux deux yeux rouges : *Odéon-Batignolles-Clichy* s'arrête devant moi. « Tiens! celui qui va jusqu'à la Cité-des-Fleurs! » Et il n'y avait presque personne sur l'impériale... Au bout de vingt-cinq minutes, l'omnibus s'arrêtait au dernier bureau. Je descends de l'impériale et je franchis la porte de la Cité. La bonne odeur de jasmins, de roses et de seringats! L'adorable bouffée d'émanations nocturnes, atmosphère de velours, palpitants bruissements de feuilles! Là, je me promenai longtemps au milieu de tous ces jardins n'en faisant qu'un agrandi dans l'ombre. Pas de lune. Rien que des étoiles, et, çà et là, au-dessus des feuillages, deux ou trois fenêtres éclairées, mettant leur petite tache jaune dans la nuit Puis, en avançant encore, je ne vis plus les lueurs jaunes et je me trouvai perdu dans une frémissante solitude, au fond de quelque désert parfumé, où, isolé du reste du monde, il me semblait pourtant n'être pas loin d'Hélène. Elle avait respiré ici, par des nuits de printemps pareilles, et il était resté quelque chose d'elle. Cette suave fraîcheur, l'enivrement de ces haleines balsamiques, je les prenais pour une traînée de son passage. Et voilà que je me trouvais au bas de la Cité, maintenant, à la grille de la maison bourgeoise Au fond du jardin, la maison muette et close dormait dans l'ombre. Les trois fenêtres du second reposaient doucement. Et je ne savais plus, moi! il me semblait que cette grille allait s'ouvrir une fois encore, pour la laisser passer. C'était bien le moins! Depuis assez longtemps, je l'attendais! Enfin, maintenant qu'elle était venue, son bras frôlait le mien et je me sentais défaillir au milieu de la caresse de sa robe. Alors, je revins lentement, m'imaginant que nous marchions à deux, l'un contre l'autre. De distance en distance, à chaque rondpoint de l'allée, je ne coupais pas droit : pour allonger, nous faisions le demi-tour du trottoir circulaire. Rien ne pressait, et je ne lui parlais pas. Elle devinait ce que j'aurais pu lui dire. Puis, brusquement... Ce n'était plus le rêve ! Il y avait là, à quelques pas devant moi, une grande femme, de tournure élégante, qui sonnait à la grille de la Cité. Le gardien devait dormir, la grille ne s'ouvrait pas. En sonnant encore, elle fit un mouvement, se tourna à demi vers la loge : alors, à travers les barreaux, son visage m'apparut en plein dans la clarté de la lanterne à réflecteur. Je retins un cri. C'était Hélène. Un peu changée depuis trois ans, toujours belle, mais, effet de mon trouble sans doute, d'une beauté étrange que je ne lui avais jamais vue. D'ailleurs le gardien venait de tirer le cordon. Laissant retomber la grille derrière elle, Hélène, très vite, dans l'ombre, passa sur le trottoir opposé, sans même porter les regards de mon côté. Presque tout de suite, elle entra dans un jardin à droite, dont la grille restait grande ouverte. Elle sonna de nouveau, ici, à l'*Hôtel de la Cité-des-Fleurs*. Je n'étais pas revenu de ma stupéfaction que j'aperçus de la lumière à une fenêtre du second étage. Hélène était dans sa chambre.

Chambre numéro 6, une seule fenêtre donnant sur les jardins, trente-cinq francs par mois, quarante avec le service. Elle habite là depuis plus de six mois, passant dans l'hôtel pour une femme très comme il faut, veuve, ayant éprouvé des chagrins. J'ai tout appris ce matin, étant venu de très bonne heure louer moi-même une chambre. « Justement, me répondit le garçon, le 7 est vacant. Monsieur veut-il voir le 7? — A quel étage? — Au second. » Et je me souvenais avoir vu la veille la lumière d'Hélène au second! Nous montons. Quand j'ai visité la chambre, admiré la vue des jardins, marchandé un peu le prix pour la forme, après m'être plaint de ne pas avoir de placards : « Eh! à propos, qui donc aurai-je pour voisins? — Oh! monsieur, une personne bien tranquille... » Et le voilà me parlant d'elle, me donnant toutes sortes de détails sur « madame Hélène » et son existence retirée. Pas le moindre bruit, on ne s'aperçoit seulement pas qu'elle est dans l'hôtel, elle ne reçoit personne, se faisant monter ses repas deux fois par jour, ne sortant presque jamais. « Alors, c'est bien, j'arrête la chambre et vais vous payer d'avance la première quinzaine. » Nous descendons au bureau. On me passe le registre. Et je reconnais une ligne de l'écriture d'Hélène : *Madame Hélène, veuve, née...* Au lieu de Derval, elle avait écrit : *Valder*. Je m'inscris à la suite. Et je pars pour aller chercher mes mallest Une heure après, j'étais de retour. E. me voici installé chambre 7, à côté d'Hélène.

---

13 mai.

Je me sens à la fois bien triste et bien heureux. Depuis vingt-quatre heures, c'est une grande douceur de vivre ainsi dans l'atmosphère d'Hélène. Elle est là, à deux pas de moi, sous ma protection. La cloison est mince. Si elle ouvre sa fenêtre, si elle marche, si elle tousse, je l'entends. Hier soir, vers minuit, quand elle s'est mise au lit, le sommier a gémi. Et ce matin, Philippe, le garçon, que j'avais sonné, n'arrivant pas, j'entr'ouvre ma porte : devant la sienne, j'aperçois ses bottines, de jolies petites bottines en peau de gant. Ma foi! je n'ai pu me retenir, je suis allé les toucher. Je les ai presque embrassées, toutes crottées de la boue de la veille.

C'est qu'il pleuvait hier soir : une pluie

épouvantable, fouettant les vitres si fort que ma nouvelle chambre s'est bientôt changée en petit lac. Malgré ce temps-là, elle est sortie après son dîner, vers huit heures et demie. Philippe, que j'ai tout de suite sonné sous prétexte de m'enlever cette eau, m'a appris que madame Hélène sortait ainsi après son dîner; tous les soirs, quelque temps qu'il fît, et ne rentrait qu'à onze heures. « Y a-t-il longtemps qu'elle a cette habitude? — Non, monsieur; seulement depuis trois semaines. — Ah! » fis-je avec indifférence. Et je me mis à lui parler d'autre chose. Puis, tout à coup, à brûle-pourpoint : « Où diable pensez-vous qu'elle soit allée par cette tempête, ma voisine? » Alors, avec ses deux mains rapprochées, le grossier personnage se mit à faire un geste obscène. Et il riait d'un rire gras, bêtement. Je l'aurais souffleté. Mais je me contins. « Tiens! dis-je froidement, vous croyez? » Sans rien ajouter, Philippe continua à rire, de ce rire gras qui me semblait salir Hélène. Puis, voyant que mon front se plissait, il balbutia des explications. Il disait ça en l'air, lui, sans savoir. Cette dame était vraisemblablement honnête. Et il s'y connaissait en honnêteté, lui, qui depuis trente ans servait dans les hôtels meublés! Seulement, quand je l'aurais vue, cette dame, je saurais lui en dire des nouvelles. Un vrai morceau de roi! La plaisanterie, c'était la plaisanterie, mais cela n'empêchait pas de rendre justice au monde. Sur ces entrefaites, tout à côté de ma chambre, dans le couloir, nous entendîmes une clef ouvrir sa porte.

— Comment! s'écria Philippe étonné, déjà elle?

Il n'était pas dix heures.

— La pluie l'aura fait rentrer.

Tout à coup, portant les mains au front:

— Et moi qui ne lui ai pas monté de serviettes, ni sa carafe!

Il me quitta, descendit en courant.

Ainsi Hélène sort tous les jours à la même heure : il faut que je sache où elle va. Ce soir, je la suivrai.

Même jour, six heures du soir.

Elle dîne. J'entends un bruit de fourchette contre une assiette... Depuis sept mois, matin et soir, elle prend ainsi ses repas dans sa chambre, seule... Elle se verse à boire... Quelle vie ! Pas une main à presser, pas une oreille pour recevoir une confidence. Que doit-il se passer en elle? Quel travail lent ont dû faire le temps et l'isolement! Qui sait si elle ne regrette rien du passé, si elle pense quelquefois à X.., à celles qui jalousaient sa distinction et sa beauté, à son père qu'elle n'a jamais revu, à moi?... N'a-t-elle jamais été sur le point de m'écrire? Voilà son repas achevé. Philippe, qu'elle a sonné, emporte la vaisselle.

Sept heures.

Elle vient d'ouvrir la fenêtre. Par un petit trou fait à mon rideau avec une épingle, j'ai vu un peu de ses cheveux. Accoudée, elle regarde la Cité-des-Fleurs. Il ne pleut plus. Une belle fin de journée de printemps. Les poumons se dilatent à l'air embaumé qui monte de tous ces jardins. Tandis que certains coins de verdure se reculent et s'approfondissent dans une douceur bleuâtre, les toitures des petits hôtels d'en face viennent en avant, jaunes dans le soleil couchant. Toute sorte d'oiseaux chantent à la fois. Elle n'a plus ses oiseaux des îles. La volière en acajou, perdue avec le reste... Quatre mille francs! Voici sept mois, il ne lui restait que quatre mille francs! Combien de mois, avec la fin de cette somme, peut-elle vivre encore? Peut-être sept autres mois? Peut-être un an? Soit! jusqu'au printemps prochain, et puis? Pense-t-elle quelquefois à ces réalités? Je me demandais depuis un moment ce qu'elle était en train de faire à la fenêtre, d'où venait un certain bruit imperceptible que j'entendais, une sorte de petit grincement : sa lime à ongles! Avant de commencer à s'habiller, elle se limait les ongles!

Huit heures.

Elle est prête. Sa toilette est sans doute terminée. Une porte d'armoire à glace vient de s'ouvrir et de se refermer. Je crois qu'elle est debout, en train de mettre son chapeau en se regardant dans la glace. Cherche-t-elle à noircir avec du cosmétique quelques premiers cheveux blancs? Se découvre-t-elle une ride précoce? Elle a aujourd'hui trente-six ans et deux ou trois mois. Pas vieille, mais plus toute jeune. Et ce doit être une grande mélancolie pour la femme que de se dire : « la jeunesse s'en va. » D'ailleurs la beauté n'est pas faite que d'adolescence et de fraîcheur. Et, si peu que je l'aie aperçue l'autre soir, elle m'a surpris par une beauté nouvelle, d'une expression touchante et meurtrie. Ses yeux battus, mais agrandis et plus profonds, brûlaient dans la nuit de je ne sais quelle flamme mystérieuse, inquiétante... Pourquoi vient-elle de prendre une chaise et de s'asseoir ?

Huit heures et demie.

Que se passe-t-il? Depuis un grand quart d'heure qu'elle est assise, je n'ai rien entendu. Que fait-elle? A quoi pense-t-elle? Qu'attend-elle? Hier, à pareille heure, elle était déjà sortie. Maintenant, c'est peut-être moi qui suis trop impatient. Mon cœur bat. Je suis aussi troublé que si j'allais commettre une vilaine action. Ai-je bien le droit de la suivre, de l'espionner ainsi, de surprendre son secret? C'est pour elle, dans son unique intérêt. Mais n'est-ce pas aussi pour moi? Tant pis! pour moi ou pour elle, avec le droit ou non, j'ai la fièvre : qu'elle se hâte! D'ailleurs, elle n'a peut-être aucun secret.

Neuf heures.

Elle s'est promenée quelque temps dans sa chambre, de long en large, comme quelqu'un qui réfléchit et ne sait trop quel parti prendre. Puis, je ne l'entends plus. Je crois qu'elle s'est de nouveau assise. Il se fait tard. L'aiguille de la pendule va toujours! Maintenant, qu'elle sorte ou non, cela m'est indifférent. Ma fièvre est tombée. Je n'ai plus que de la tristesse et du découragement. Qu'est-ce que je fais ici, moi, monsieur Mure, magistrat, homme grave, frisant la cinquantaine? L'oreille collée à une cloison, comme un mari jaloux! Cet espionnage de policier dans un hôtel garni de sixième ordre, est-ce de mon âge, de ma position sociale? Est-ce de ma calvitie et de mes cheveux blancs? Personne, à X.., ne le croirait! Du Palais de Justice, mes collègues, avec une longue-vue, auraient le pouvoir de me découvrir ici et de suivre mon invraisemblable aventure : quels éclats de rire! En ferait-on des gorges chaudes pendant des mois, au cabinet de lecture, au cercle! Et chez les Jauffret? Et aux jeudis soirs de madame de Lancy? Mais, là, ce n'est pas moi qu'on déchirerait le plus ! Si on savait la pauvre Hélène ici, et si l'on connaissait cet hôtel ! Qui la défendrait dans ce monde de province, hypocrite et collet-monté ? Personne ne songerait à être juste, à tenir compte des circonstances de la chute. Nul n'admirerait la fierté dans la faute, son courage d'aller jusqu'au bout, le mépris de l'argent avec lequel elle s'est laissé ruiner, la grandeur simple de sa résignation à accepter toutes les conséquences. Personne n'apprécierait le sentiment qui l'a empêché de s'éloigner de la Cité-des-Fleurs, où le souvenir de sa fille et quelque chose de son illusion perdue doivent traîner pour elle en ce coin charmant de Paris. On ne voudrait voir que l'aspect louche de la maison meublée, le laid écriteau jaune de la porte, la boue mal balayée dans l'escalier. Et l'ameublement ? Philippe m'a dit que la chambre de madame Hélène et la mienne sont « les mieux de la maison ». Ici, au lit et à la fenêtre, des rideaux de damas bleu malpropres. L'affreuse grimace du luxe, un acajou de camelotte, le papier déchiré. Surtout cet ignoble canapé, poussiéreux et gras, éreinté par le vice.

Dix heures.

Elle ne sort pas. Sa porte s'est fermée à double tour. Je l'entends se déshabiller. Elle va dormir toute une nuit, là, près de moi : j'oublie le reste. Et je vais être heureux.

XIII

Nuit du 13 au 14 mai... Onze heures du soir.

Rien! pas rentrée!

J'aurais voulu ne pas croire mes yeux. C'est elle que j'ai perdue de vue au bas de l'avenue de Saint-Ouen. Pauvre Hélène!

Je sors de nouveau.

Minuit.

Toujours rien! J'ai battu en vain le quartier sans la retrouver. Je vais l'attendre à la fenêtre.

Une heure.

La Cité-des-Fleurs dort. Un ciel noir. Rien d'allumé que la lanterne du gardien. Dès qu'elle sonnerait à la grille, sous la petite lueur jaune du réflecteur, je la reconnaîtrais. Mais, depuis longtemps, personne ne sonne plus. Un grand silence. Dans la chambre, le tic-tac de la pendule. Au loin, quelque part dans la nuit, le souffle de colosse de Paris qui se délasse. Un vent humide, m'arrivant en face, m'a chassé deux ou trois larges gouttes d'eau dans les yeux. Mais je ne pleure pas. Quelque chose m'étrangle, un poids m'empêche de respirer, parfois un frisson me secoue tout entier, tandis que mon front brûle. Je me remets à la fenêtre.

Deux heures.

Maintenant, elle ne rentrera plus. Que faire pour abréger les heures jusqu'au jour ?

Écrire? Voici ce qui est arrivé :

Ce soir, elle a dîné très vite. Philippe ne montant plus pour emporter la vaisselle, deux ou trois coups de sonnette impatients, impérieux. Puis, tout de suite, au lieu de s'accouder comme la veille à la fenêtre, elle s'est habillée. Mais sa toilette n'en finissait pas. Prête vers huit heures, elle est sortie.

Il ne faisait pas encore nuit. Bien qu'elle soit un peu myope, je ne la suivais que de loin, prêt à me cacher le visage, à me jeter de côté, si elle s'était retournée.

Elle montait lentement l'avenue de

Clichy, sur le trottoir de gauche, aussi lentement que l'omnibus de l'Odéon au milieu de la chaussée, un peu en avant d'elle, gravissant la montée de la Fourche avec un cheval de renfort. Grande, élancée. Très simplement mise. Sa robe noire faisait pourtant tache d'élégance et d'aristocratie au milieu de la banalité des passants : employés, ouvriers en blouse de travail, demoiselles de magasin revenant de l'intérieur de Paris. Çà et là, des têtes se retournaient pour la voir. Quand elle eût dépassé un grand café au fond duquel un bec de gaz était déjà allumé, un garçon sortit, s'avança jusqu'au milieu du trottoir, la regarda s'éloigner.

Un moment, je ne la vis plus : elle venait d'entrer dans une boutique. Chez un fleuriste, dont l'étalage vert et embaumé mettait un coin de printemps entre une charcuterie et un marchand de vins. Elle en ressortit avec un petit bouquet de violettes.

A la Fourche, laissant en arrière le côtier et son cheval, l'omnibus partit au trot vers l'intérieur de Paris. Elle, s'arrêta une minute, tournée vers l'avenue de Saint-Ouen, s'intéressant peut-être à la double rangée interminable de becs de gaz, allumés dans le crépuscule, enfonçant leurs points d'or jusqu'à la banlieue. Attendait-elle quelqu'un, devant sortir d'une de ces premières maisons, laides et basses ? Elle regardait aussi plus loin, là où l'avenue s'encanaillait encore, jusqu'à devenir vers la barrière un quartier de chiffonniers. Ne voyant rien venir, elle continua à remonter l'avenue de Clichy. Déjà, en haut, l'omnibus disparaissait derrière le monument du maréchal Moncey.

A la hauteur d'un petit bal, comme elle venait de passer sur le trottoir de droite, tout à coup, presqu'au dessus de sa tête, des lettres de feu « *Bal du Chalet* » s'allumèrent. Elle dut faire un brusque détour : deux voyous en casquette molle faisaient irruption hors du bastringue, tombèrent presque sur elle, en boxant pour la frime. Hélène ne se retourna pas ; mais, jusqu'au restaurant du *Père Lathuile*, elle marcha plus vite.

Maintenant, elle était place Moncey, devant le maréchal appuyé sur son canon, défendant l'ancienne barrière dans un héroïsme de dessus de pendule. Baignée dans un crépuscule bleuâtre, la place agrandie. A gauche, le boulevard de Clichy, à droite, le boulevard des Batignolles, se continuant l'un l'autre, très larges, donnant l'idée d'une ceinture sans fin faisant le tour de Paris. En face, les devantures contiguës de deux cafés, mettant un flamboiement à l'entrée de la rue de Clichy, qui descend vers le cœur de la ville. Hélène, au bout du trottoir, arrêtée, semblait indécise. Qu'allait-elle faire? traverser la place, entrer au bureau d'omnibus, demander un de ces fiacres de la station, qui attendaient à la file, avec leurs lanternes rouges, vertes, jaunes, allumées? Peut-être continuer le long des boulevards extérieurs une promenade sans but? Peut-être revenir tout de suite, n'avoir pas le courage d'aller plus loin, rentrer?

Un orgue de Barbarie criard s'entendait au milieu du boulevard des Batignolles. D'un petit café-concert voisin, enclavé au premier étage d'un hôtel garni louche, des roulades de baryton langoureux bramant l'amour arrivaient, avec accompagnement de piano. A côté du bureau de tabac-épicerie, une gargote, où l'on voyait des gens dîner à des tables sans nappes, répandait une odeur de friture. Devant le kiosque de la marchande de journaux, une fille en cheveux, son petit chien sous le bras, achetait un journal d'un sou. Des hommes, vaguement soûls, rasaient les maisons d'un pas chancelant. Et Hélène hésitait, toujours à la même place, respirant longuement ses violettes.

Elle finit par tourner à droite, évita une fontaine Wallace dont les gamins s'amusaient à faire éclabousser l'eau à pleins goblets, et prit le boulevard extérieur. L'orgue jouait toujours. A son appel persistant et nasillard, où, çà et là, des trous faisaient penser à l'égosillement d'un pitre asthmatique, il arrivait du monde. C'était déjà un grand cercle de gens occupant tout le large trottoir, d'une rangée à l'autre des petits platanes. Au milieu, un saltimbanque, en longue jaquette noire, sous laquelle on voyait commencer le maillot, étendait un vieux tapis, allumait et disposait en rond six chandelles, fichées dans des goulots de bouteilles. D'énormes poids avaient été déposés au pied d'un arbre. Là, un second saltimbanque, également en jaquette, attendait, assis sur un tonneau, les jambes pendantes.

Une curiosité tendait vers lui des têtes, faisait rompre à certains l'alignement. Et, de lèvres en lèvres, un nom circulait : « Fernand!... Fernand! » C'était son public de tous les soirs, des gens du quartier, venant chaque jour à la même place voir travailler Fernand : boutiquiers d'en face tête nue, cuisinières en tablier de cuisine, employés n'allant pas au café par gêne, ouvriers rentrant avec leurs outils, couples sortis pour respirer l'air pur du boulevard extérieur. Et la fille en cheveux qui venait d'acheter un journal était là, son chien sous le bras, un peu en arrière, essayant à droite et à gauche d'un sourire. Tandis qu'au premier rang, où elles s'étaient faufilées en bousculant tout le monde, cinq ou six effrontées de douze à quatorze ans, en rupture de dodo, troussées comme des souillons, dévoraient des yeux les jambes en maillot couleur chair du saltimbanque et faisaient tout haut leurs réflexions :

« Fernand a quelque chose, ce soir, pour sûr! — Oui, l'air tout embêté! Peut-être brouillé avec sa connaissance! — Regarde donc! Clara, il s'est joliment fourré de la pommade. » Une s'enhardit jusqu'à toucher les bouts du ruban de velours grenat qui rejetait en arrière l'épaisse chevelure de Fernand. Lui, releva la tête.

—Au large, tas de vermines!

Et l'on vit son front mat, un peu bas, son beau visage de médaille, si ferme et si pur de contour, avec cela tellement brun, qu'on eût dit du bronze. Et l'on se recula, non seulement les gamines, mais les curieux, laissant autour de son tonneau un vide respectueux.

L'orgue de Barbarie appelait encore. Maintenant, il faisait tout à fait nuit. Les chandelles, du haut de leurs bouteilles, répandaient une clarté vacillante, fumeuse. Et Fernand restait de nouveau comme écrasé sous le poids de sa tignasse noire frisée naturellement. On ne voyait plus bien que le dessus de son crâne un peu déprimé sous la toison des cheveux lustrés par la pommade, un crâne d'hercule, à cerveau étroit, ne devant jamais contenir qu'une idée à la fois. Et, cette idée, en ce moment, lui tenait le front bas, clouait à terre son regard absorbé, tandis que l'autre saltimbanque, sa jaquette enlevée, s'égosillait en boniments que le public n'écoutait pas. Celui-là, déja vieux, laid et mal fait, avait beau marcher sur les mains, ses deux jambes croisées derrière la nuque, personne ne le regardait. De rares sous pleuvaient sur le tapis. La main gantée d'Hélène passa entre deux personnes qui se trouvaient devant elle, jeta une pièce blanche.

Mais Fernand n'était plus isolé sur son tonneau. Deux voyous à casquette, probablement ceux qui s'étaient colletés devant le bal du Chalet, venaient de fendre le cercle, lui serraient la main. Fernand mit vivement pied à terre. Tous trois causaient confidentiellement, les yeux dans les yeux, avec de petits rires, en bons camarades qui s'intéressent à une affaire et se comprennent à demi mot. Il devait y avoir du nouveau, et l'affaire, pour sûr, marchait bien. Les beaux yeux de Fernand tout ragaillardi luisaient de joie et d'espoir, maintenant, passant le public en revue, fouillant surtout au plus épais, là où Hélène se dissimulait dans l'ombre :

— Merci! et à demain! dit-il à haute voix en serrant la main de ses deux amis.

Et, à une dernière observation de ceux-ci, il ajouta :

— Oui, je vous raconterai tout...

Baissé au pied de l'arbre ou étaient déposés les poids, Fernand les lançait déjà au milieu de l'espace libre éclairé par les chandelles, un à un. Il y en avait neuf. Et, à chacun, le sol ébranlé, rendait un bruit sourd. Maintenant, debout sur le vieux tapis, Fernand ramassait les quelques sous jetés. La pièce blanche d'Hélène éclaira son visage d'un sourire; et ses beaux yeux en amande, ombragés de longs cils, luisaient de plaisir, cherchaient de nouveau Hélène. Soudain, son front se plissa ; haussant les épaules avec affectation, il se mit à regarder le public en face, d'un air mécontent et provocateur.

— Chut! fit-il d'un geste à celui qui tournait la manivelle de l'orgue de Barbarie.

L'orgue se tut. Un profond silence.

— Vingt-cinq, vingt-six et vingt-sept! disait le saltimbanque. J'ai beau compter... Cela ne fait jamais que vingt-sept sous, mesdames et messieurs... Eh bien, sachez une chose : je ne suis pas content!... Croyez-vous qu'avec la somme de vingt sept sous par jour nous puissions vivre, mon associé et moi? Lui, mon associé, que vous venez de voir travailler, demandez-lui s'il est plus content que moi... Il vous dira qu'il trouverait bien plus bath de passer sa soirée chez le marchand de vin à boire tranquillement une chopine... N'est-ce pas, vieux?

Le « vieux » fit énergiquement oui, de la tête et des mains.

— Eh bien, et moi, mesdames, continuait Fernand, qui vous dit que je n'ai pas une connaissance?... Quelque femme du grand monde?... Une duchesse peut-être ayant un béguin pour moi?... Et qui ne serait pas fâchée à l'heure qu'il est d'avoir mon bras pour aller manger une douzaine chez Baratte... Eh bien, au lieu de me ballader au faubourg Saint-Germain, moi, je suis ici, sur le boulevard des Batignolles, à faire le malin et le poireau... Regardez-moi sous quelle pelure!

En un tour de main, faisant voler au loin sa vieille jaquette, il apparut nu, en maillot couleur chair, complètement nu, avec un étroit caleçon de satin cerise. Un petit frémissement passa sur la foule.

— Si je turbine dans ce costume, c'est pour gagner ma vie...

Et il attendit. Cinq ou six sous, seulement tombèrent. Il les ramassa. Puis, secouant la tête avec une colère jouée :

— Ça ne fait pas mon compte!... Il me faut cinq francs, pas un sou de moins! ou vous ne me verrez pas enlever le tonneau avec les dents... Entendez-vous, cinq francs! et vite encore... Aujourd'hui, je n'ai pas le temps d'attendre aussi longtemps qu'hier... Allez, musique!

L'orgue de Barbarie jouait maintenant une valse. Rapidement, les deux saltimbanques placèrent le tonneau au milieu, dans le sens de la longueur, en l'air sur deux supports. Puis une chaise, droite et bien d'aplomb, sur le tonneau. Et, debout sur la chaise, les bras croisés, tranquille et sûr de son influence sur la foule dont les têtes n'arrivaient qu'à ses pieds, dédaignant même de l'amuser avec la jonglerie des poids ce jour-là inutile, Fernand attendait ses cinq francs.

Tous les regards montaient vers lui, La clarté d'un réverbère, près de sa tête, faisait moutonner sa chevelure, contournait son cou puissant, moulait son torse, son ventre plat, ses reins larges; tandis qu'à la lueur dansante des chandelles, ce qu'il avait de plus beau, les jambes, colossales de cuisse et de mollet, fines d'attaches, donnaient le rêve de deux vivantes cascades de muscles. Et, à sa vue, les employés n'allant pas au café par économie se sentaient tristes sans savoir, eux, pauvres de race, étriqués. Les ouvriers rentrant avec leurs outils se disaient, qu'en jouissant d'un pareil biceps, dans leur partie, on aurait quelque part le patron, et l'on ferait crever d'envie les camarades. Et l'épicier du coin, tête nue, ventre en boule, mains dans les poches, calculait approximativement ce que le gaillard devait encore se faire, un soir dans l'autre. Puis, « il n'a que vingt-quatre ans ! » soupiraient des cuisinières. La fille en cheveux portant son chien sous le bras : « S'il était bâti comme ça, au moins, celui qui me roue de coups ! » Et, des couples bourgeois sortis pour respirer l'air pur, Madame se livrait à des comparaisons plastiques pas à l'avantage de Monsieur; tandis que Monsieur, lui, sous son chapeau haute-forme, roulait cette pensée : « En voilà un qui ne s'empêtrera jamais d'une femme légitime. » Jusqu'aux polissonnes de quatorze ans pas encore couchées, qui s'approchant sans cesse, les effrontées, finissaient par être contre le tonneau, le cou tordu, pour voir en l'air : « Dis, Clara, si son caleçon tout à coup faisait crac ! » Et Hélène ne s'en allait pas.

Pourtant je ne la voyais plus, il était arrivé encore du monde. Chacun se pressait, se poussait, voulait arriver au premier rang. Mais je savais qu'elle était toujours là, humble et se faisant petite, heureuse de disparaître, laissant des malotrus la bousculer et se mettre devant elle. Et toute mon âme s'enfonçait à chaque instant dans cette ombre, pour la cacher encore et la couvrir, comme son long voile noir baissé. L'orgue jouait éternellement le même air. Il pleuvait de temps en temps des sous. Certains, venant taper contre le tonneau avec un petit bruit sec, rebondissaient au loin. Le « vieux » les ramassait autour des chandelles et les jetait dans une assiette ébréchée, à un coin de tapis déplié. Fernand finit par sauter à terre. Et le « vieux » monta prendre sa place sur le tonneau, s'assit sur la chaise, tandis que Fernand comptait de nouveau la recette.

— Cette fois, quatre francs trois sous! pas encore mon compte... Mais je suis pressé. Je veux bien tout de suite enlever le tonneau... Seulement quand mes dents le tiendront en l'air avec le poids de cet homme par-dessus, vous autres, au lieu de m'applaudir, vous me jetterez encore un franc. La gloire c'est beau, mais manger?... Et ne vous amusez pas à me crier : « Assez ! » comme à l'ordinaire. Ça m'agace... Et je ne lâcherai le tonneau que quand j'aurai mes cent sous... Ainsi, pas de compassion inutile : seulement du courage à la poche!

Puis, tout de suite, résolument, avec la soudaineté de décision d'un homme qui, devant faire un effort extraordinaire, ne veut pas réfléchir de peur de se sentir lâche, Fernand mordit le rebord du tonneau. A un endroit bien connu, dont le bois avait un peu été aminci avec un couteau, et où chacune de ses dents retrouvait son empreinte. Alors commença une minute longue, interminable. Arcbouté sur les jambes, des deux mains contenant ses côtes, la tête ramassée sur la poitrine, le cou raccourci, gonflé, prêt à éclater, Fernand tenait le tonneau en l'air, le tonneau surmonté d'une chaise et d'un homme assis, les bras croisés. Et Fernand fermait les yeux, le visage rouge, cramoisi. Et personne ne respirait librement. L'orgue de Barbarie semblait jouer très loin, tandis que le roulement d'un omnibus sur la chaussée écrasait le sol et pesait sur les poitrines. Puis des sous se mirent à pleuvoir, çà et là, comme des gouttes larges tombées d'un nuage chargé d'électricité. A la fin, le public se lassant le premier, des applaudissements, mêlés à des murmures, éclatèrent. Fernand écarlate, en sueur, ne lâchait pas le tonneau. « Assez! assez! » La foule eût fini par se ruer sur lui et le lui arracher. Lorsque le tonneau reposa de nouveau sur les deux supports, ce fut pour tous un soulagement. Et Fernand, après deux ou trois secouements de tête, sur place, hébétés, fit quelques pas comme un homme ivre, et se laissa tomber sur un banc.

On ne faisait plus le cercle. C'était fini. Seulement, avant de s'éloigner, beaucoup s'approchaient du banc, et contemplaient le saltimbanque épuisé. Des mains l'applaudissaient encore. « Il sue! — Des gouttes sur son maillot! — Il ne recommenceraitpas ! — Pourquoi se cache-t-il le visage dans son mouchoir! On croirait qu'il a mal aux dents, voyez ! — Ses dents! il faut tout de même qu'il les ait solides! » Puis, Monsieur et Madame s'en allaient, bras dessus bras dessous. Des cuisinières, de peur d'être grondées, filaient en courant. La fille en cheveux mettait son petit chien à terre, le laissait un moment seul au pied d'un platane, puis, d'un peu plus loin, l'appelait. Et des employés tendaient l'oreille : « Dix heures! il faut aller se coucher. » On entendait déjà les boutiquiers d'en face fermer leur boutique. Le rassemblement se trouvait réduit aux gamines de quatorze ans, à des voyous. Et Hélène était toujours là, à l'écart, dans l'ombre.

Puis, que s'est-il passé? je ne sais plus. Ce que j'ai vu est si extraordinaire que, maintenant, j'ai peine à croire que mes yeux l'aient réellement vu. Tout à coup, sur le banc, Fernand, sorti de son état de prostration, a relevé la tête, et son regard n'a-t-il pas cherché Hélène! Hélène, à travers son voile, le regardait aussi. Les yeux brillants de joie, lui, souriait. Il eut même l'audace de lui faire un petit geste. Mais, la tête basse, comme honteuse, Hélène s'était déjà reculée. Maintenant, à petits pas, elle suivait le boulevard extérieur. Un peu en avant d'elle, la fille en cheveux, avait repris son chien sous le bras; à l'approche de certains passants, elle traversait en courant d'un platane à l'autre. Sur le même trottoir Hélène attendait un saltimbanque! Non! ce n'était pas possible! que restais-je là, moi, cloué à la même place, pétrifié de surprise, idiot de consternation! je n'avais qu'à me remuer, qu'à aller la regarder sous le nez, qu'à oser lui parler, et je m'apercevrais bien que ce n'était pas Hélène! Et puis, quand même ce serait Hélène, je n'avais rien vu: ni regards échangés, ni sourire, ni geste. Ce Fernand ne reviendrait pas! Aidé de son camarade, il venait de transporter en face, chez un marchand de vin, le tonneau et ses supports, les poids, le vieux tapis, l'assiette ébréchée! Là, chez le dépositaire habituel de leur attirail, ils devaient en avoir pour longtemps tous les deux, à se reposer et à boire ! Soudain, au milieu de ce bouillonnement de tout mon être, quelqu'un sortit de la boutique du marchand de vin, traversa la chaussée, passa près de moi. C'était Fernand ! Fernand en pardessus noir à taille et en petit chapeau rond, le « melon » des calicots et des petits employés, crânement posé en arrière ; le tout, très propre. Plus rien d'un bateleur, que les deux bottines rouges montant très haut, et, par moments, un petit morceau de maillot rosâtre, visible sous le long pardessus. Il fumait un cigare. Il passa très vite, une canne à la main, faisant des moulinets. Il eut bientôt rejoint Hélène, qui ne se tourna pas vers lui, qui ne fit aucun geste ; seulement, elle doubla le pas. Lui, n'avait pas même porté la main à son chapeau, et fumait toujours. Je les vis s'éloigner ainsi, parrallèlement, à un mètre l'un de l'autre, et je me demandais s'ils s'étaient adressés la parole. J'aurais voulu douter encore. Je les suivais de loin, espérant qu'ils prendraient chacun une direction différente. Non ! ils marchaient maintenant côte à côte ! Fernand lui parlait avec animation, tournant la tête vers elle, la serrant de plus près. Et elle, tendant toujours à s'éloigner, obliquait à droite. Ils finirent par traverser la chaussée, remontèrent sur le trottoir qui longe les maisons; là, Hélène, ne pouvant obliquer davantage, rasait les devantures fermées, tandis que Fernand se trouvait presque dans ses jupes. A l'angle du boulevard et de la rue de Rome, Hélène tourna brusquement, prit la rue obscure et déserte. Alors Fernand, jetant son cigare, lui passa son bras autour de la taille. Et, de sa main restée libre, il tenait une des mains d'Hélène. Il la lui baisait dans l'ombre. Hélène se laissait faire! Alors mes jambes, lourdes comme du plomb, restèrent clouées sur place. Il me passa une sorte de voile devant les yeux. Et un sanglot étouffé me retomba à secousses profondes dans la poitrine. Hélène, cette fois, était perdue, tout à fait perdue, et je ne pouvais ni crier, ni pleurer. Je détournai la tête. A ce moment, un train quittant Paris à toute vapeur, s'engouffrait en sifflant sous le pont du boulevard extérieur. Et le pont tremblait. De la fumée épaisse jaillissait à gros flocons de la grille du parapet, s'élevait en nuage. Puis le train siffla de nouveau, invisible et déjà loin, du côté de la campagne. Du côté de Paris, le nuage de fumée se dissipait; et à mesure, par l'échappée de la gare Saint-Lazare, je voyais poindre une infinité de petites flammes jaunes, immobiles, surnageant à la surface d'un lac noir... C'était là, à gauche et dans le fond, pas très loin : les fenêtres de son ancien appartement de la rue de Saint-Pétersbourg ! le balcon d'où, autrefois, à la tombée du jour, elle m'avait fait admirer le chemin de fer ! Je reconnaissais les hautes maisons modernes aux fenêtres en damier, toutes éclairées à cette heure. Là, depuis ces trois ans, vivaient, d'autres femmes dont l'existence était peut-être restée la même : facile et douce, occupée par des affections régulières, bourgeoisement heureuse ; tandis qu'Hélène... Mes yeux se mouillèrent. Toutes les petites lueurs jaunes de la gare disparurent, noyées dans mes larmes. Maintenant, ce que je voyais distinctement, c'était la chaîne entière des fatalités de la vie d'Hélène : Fernand ! M. de Vandeuilles ! Moreau ! Puis, au commencement, moi ! Moi, cause première de tout, je l'avais mariée ! Moi, je l'avais poussée à l'adultère élégant ! Moi, je venais de la laisser glisser dans la boue ! C'était donc à moi à la ramasser. Ce ne fut plus alors qu'un besoin de les suivre, une rage de les rejoindre, de leur parler. Mais la rue de

Rome était déserte. Ils avaient dû tourner à droite, revenir aux Batignolles. Je me mis à courir jusqu'au coin de la rue des Dames ; puis, ne les voyant pas, jusqu'au coin de la rue de La Condamine. Rue Legendre, un couple filait vers le square. Ce n'était pas eux ! J'ai remonté l'avenue de Clichy jusqu'à la Fourche. Là, je ne me suis pas trompé, je les ai revus tous les deux, très bas dans l'avenue de Saint-Ouen. Ils passaient sous un réverbère. Mes yeux de presbyte ont reconnu Hélène. Mais ils avaient trop d'avance. J'ai fouillé en vain un dédale de petites rues pauvres. Puis, je suis rentré, j'ai guetté à la fenêtre, je suis ressorti. Rentré de nouveau, je viens d'écrire tout ceci, pour tâcher d'oublier qu'Hélène est dans les bras de Fernand.

Cinq heures du matin.

On sonne... La porte de l'hôtel se referme... Un pas léger dans l'escalier... Un froufrou de robe de soie... C'est Hélène qui rentre, au petit jour... La voici au premier étage... Quand elle introduira la clef dans la serrure, je serai à ses pieds.

XIV

X.., novembre 1878.

Trois ans et demi après! Me voici encore seul dans mon appartement de vieux garçon.

La soirée d'hier m'a fait coucher tard. J'étais agité. J'ai eu peine à fermer l'œil. Mais j'ai dormi d'un sommeil profond et réparateur, pour ne me réveiller qu'à dix heures, ce matin. A peine ouverts, mes yeux se sont tournés vers la fenêtre. Un pâle soleil d'hiver, gai quoique pâle, commençait à fondre de petits cristaux étoilant les vitres.

— Tiens! la nuit a dû être froide.

Et j'ai sonné. Ma vieille bonne, Nanon, qui m'a vu naître, est entrée.

— Bonjour, Nanon... Fais-moi du feu.

— Ici? dans votre chambre?... Mais la cheminée à la prussienne de votre cabinet ronfle déjà!

Et la garniture tuyautée de sa coiffe éclatante de blancheur, semblait se hérisser d'étonnement.

— Oui, Nanon, dans ma chambre...

— Ah! bien! il paraît que monsieur compte se soigner beaucoup, cet hiver.

Toute sa figure, parcheminée et ridée, souriait de malice. Puis, se baissant, leste et vive, la taille encore souple et élégante comme celle d'une jeune fille, Nanon a relevé le tablier de la cheminée. Et, tout en repoussant les vieilles cendres avec la pelle :

— Voyons, monsieur, ce grand dîner d'hier ? cette soirée ?... Ça a-t-il marché comme vous avez voulu ?...

— Oui, Nanon.

— Beaucoup de beau monde ?

— Toute la ville.

— Madame de Lancy avait une belle robe ?

— De Paris !... Et de chez Worth encore !... Rapportée de leur voyage à l'Exposition.

— Et la longue madame Jauffret ?... Pas trop triste des pertes de jeu de son mari, du chalet revendu à l'ancien propriétaire ?

— Au contraire, engraissée ! Mais elle n'a plus ses diamants.

— Et la marquise de N. N ?... Et la femme du nouveau procureur général ?... Et...

— Bavarde de Nanon, veux-tu te dépêcher !

— Là, monsieur, j'ai fini... Tenez ! je frotte l'allumette, ça va brûler comme de l'amadou, vous allez pouvoir vous habiller à la chaleur, devant un bon petit brasier... Mais, je vous en supplie, dites-moi encore une chose : M. Moreau, votre nouveau président, eh bien, quelle tête faisait-il ?...

Puis, je me suis levé. J'ai passé ma robe de chambre ouatée ; et, après m'être débarbouillé avec de l'eau tiède, les pieds bien au chaud dans mes pantoufles de feutre, — une excellente acquisition dont je m'applaudis tous les jours, — je viens de déjeuner au coin du feu. Des œufs brouillés aux truffes et un perdreau froid, jeune et tendre, bardé de lard, sentant le thym de la colline. Avec cela, un excellent vin du pays, dont on fabriquerait, à Paris, un vin de grande marque. Six ans de bouteille et une belle teinte jaune acquise en vieillissant ! C'est que je deviens gourmand. Au dessert, Nanon m'a apporté avec mystère un grand plat recouvert d'une assiette renversée. J'ai soulevé l'assiette...

— Un gâteau de châtaignes. Merci, ma bonne vieille !

— Monsieur le trouvera exquis... Je n'ai pas économisé la vanille, ni la fleur d'oranger... A moins que depuis l'hiver dernier, je ne sache plus la recette !...

— Il n'y a que toi, Nanon, il n'y a que toi !

J'ai enfoncé ma cuillère dans la succulente pâte, onctueuse et parfumée, — un secret de Nanon, que, le jour où je la perdrai, Nanon emportera avec elle dans la tombe, — dans la succulente pâte recouverte d'un glacis blanc comme la neige et saupoudré d'anis roses et bleus. Tout en reprenant trois ou quatre fois de ce gâteau, je pensais à mon enfance, au temps où j'étais gourmand, — comme à présent — où je ne savais rien de la vie, et où je portais des pantalons courts. Puis, j'ai plié ma serviette, comme d'habitude. J'ai bu à petites gorgées mon café bouillant, et je suis venu m'asseoir, ici, dans mon cabinet. Ici, un peu las et désirant rentrer en moi-même, j'ai ouvert un tiroir fermé à clé, et j'en ai sorti ces feuilles. Les plus anciennes, déjà jaunies. Toutes remplies d'Hélène.

Hélène!

Hier, le grand jour, il fallait qu'elle fût belle, et elle l'a été. Belle! c'est-à-dire imposante et gracieuse, fière et touchante, à la fois maîtresse de maison se multipliant pour ses invités, et reine héroïque magnétisant toute une ville féroce, récemment vaincue et reconquise. Elle a été tout cela! Si, feu le commandant Derval, son père, avait pu la voir!

Hier, voici. Le dîner était pour sept heures. Mais Hélène m'ayant prié d'arriver à l'avance, dès cinq heures et demie je sonnais au chalet.

Un tapis rouge dans le vestibule. Des tentures aux murs, au plafond un lustre prêt à être allumé, des fleurs partout. La petite antichambre de gauche transformée en vestiaire, avec grande glace au fond, pour que les dames, en enlevant leurs manteaux, puissent se voir de la tête aux pieds. Moi-même, j'attachai ensemble mon parapluie et mon pardessus, et je glissai dans mon gousset le n° 1.

Dans l'escalier, un tapis encore, d'autres lustres, d'autres tentures ; et, de marche en marche, une double haie de plantes rares, de fleurs naturelles. Sous la chaleur douce sortant des bouches du calorifère, ces fleurs embaumaient. Il vous montait à la tête comme une griserie. Et, malgré soi, l'on pensait d'avance aux petits pieds en bottines de satin qui allaient gravir ces marches, légers et nerveux, frémissants de curiosité, d'envie, de malice.

Mais une volonté calme, prévoyante, courageuse, semblait avoir veillé aux préparatifs. Avant de demander personne, je voulus jeter partout mon coup d'œil. Sans quitter encore le rez-de-chaussée, entr'ouvrant la porte de droite, je regardai la salle à manger. Là, un domestique allumait déjà les innombrables bougies des candélables. La table, avec ses dix-huit couverts, était prête. Autour de la mousse et des fleurs jonchant le milieu de la nappe, les dix-huit serviettes damassées, éblouissantes de blancheur, semblaient autant de tabernacles attendant chacun le dévot sacrificateur. Les verres grands et petits, par rang de taille, étaient symétriquement placés, le menu avec un nom de convive sur chaque coupe à champagne. Et la transparence des cristaux étincelait, les ruissellements lumineux de la vaisselle plate vous troublaient comme des regards, les fleurs éclataient en sonorités de coloration extraordinaires. Maintenant que les longues bougies des candélabres étaient toutes allumées, la table entière, changée en chapelle ardente, semblait déjà brûler pour quelque adoration perpétuelle. Ébloui, détournant les yeux, je refermai.

Un coup d'œil au jardin par la porte vitrée du vestibule. Depuis le soir d'été où Moreau, sur la terrasse, s'endormit dans son fauteuil, le journal glissé à ses pieds, je n'avais plus marché dans ces allées. Presque rien de changé! Pas de traces de la possession des Jauffret, heureusement! Je reconnaissais la forme des massifs à feuillage persistant du bosquet. Seuls, les quatre jeunes platanes de la terrasse, méconnaissables en douze ans, devenus de grands arbres au tronc énorme, aux longues branches n'en finissant plus, maintenant dépouillées de feuilles. En douze ans, que de choses! Ce soir, une fête, et en même temps, l'hiver. Des grappes de lanternes vénitiennes déjà allumées, suspendues entre chaque platane; des cordons de lampions à verres de couleurs, dessinant les marches du perron, les banquettes et les piliers de la terrasse. Mais une bise âpre, glacée, soufflait par moments, couchait les petites flammes toutes à la fois, en éteignait çà et là, secouait lamentablement les grandes grappes lumineuses. Tout à coup, le papier d'une lanterne vénitienne prenait feu, flamblait une seconde, coulait en grosses larmes enflammées; puis, au milieu de la grappe aux couleurs joyeuses, tout de suite, un trou noir.

J'étais au premier étage. L'antichambre, vaste, qui est en même temps la salle de billard, je ne la reconnaissais plus. On avait enlevé le billard afin qu'on put y danser. Une toile rouge tendue sur le tapis de moquette; des fleurs partout, des tableaux et des panoplies, des lustres. Une estrade pour l'orchestre.

Puis, trois salons de réception, en enfilade; au fond, le petit salon bleu. Tout était prêt. Les grandes lampes, déjà allumées, leur flamme basse. D'énormes bûches rondes, épaisses comme des troncs d'arbres, brûlaient dans les cheminées. Tandis que je présentais à la flamme la pointe de mes bottines vernies, une porte s'ouvrit et se referma au fond du salon bleu. Je vis arriver la femme de chambre d'Hélène.

— Bonsoir, monsieur!

Elle allait s'éloigner.

— Dites-moi, quand complète-t-on l'éclairage des salons?

— Il n'est pas six heures... Madame a donné des ordres pour six heures et demie.

— C'est bien.

— Madame sera bientôt visible... Faut-il lui dire tout de suite que monsieur est là?

— Inutile... Merci.

Je n'avais plus froid. M'éloignant de la cheminée, j'entrai dans le petit salon bleu, délicieux boudoir, où Hélène se tient de prédilection. Là, rien n'était changé. Les préparatifs de la fête n'avaient pas franchi le seuil de ce sanctuaire tout plein d'Hélène et des choses qu'elle aime. La lampe intime, à la place accoutumée, répandait sa lumière douce. Le roman nouveau à couverture jaune qu'elle lit, était resté ouvert sur la table à ouvrage. Tout à coup, la portière du fond écartée, un bras nu, déjà orné de bracelets, une petite main ouverte tendue vers moi.

— Hélène!

J'avais saisi cette main et la pressais doucement dans les miennes.

— Merci d'être arrivé le premier. Vous voyez, toute la ville peut venir: je n'ai que ma robe à passer.

— Je vous dérange... je vous laisse.

— Attendez.

Et, écartant davantage la portière, elle se montra à moi comme elle était : en jupons blancs, en corset bleu de ciel, les bras et les seins nus, toute fraîche, toute parfumée, et chaste. La fièvre contenue qui donnait un petit frisson à sa voix, l'éclat extraordinaire de ses yeux, la résolution animant son visage, la couvraient mieux qu'un corsage montant. Et, le front un peu baissé pour me montrer sa coiffure :

— Regardez... Est-ce bien?

Puis, quelqu'un marcha dans le salon voisin. Se souvenant brusquement qu'elle avait la poitrine nue, elle laissa retomber la portière. Moi alors, pas le temps de lui dire tout bas à travers la tapisserie que je la trouvais belle et touchante. On entrait. Le valet de chambre, de la part de Moreau, venait me dire :

— M. le président est chez lui et prie Monsieur de monter.

— Ah ! M. le président !... Très bien ! j'y vais !

Et, dans l'escalier, tout en montant à l'étage supérieur, « monsieur le président » m'offusquait encore, comme le souvenir d'une fausse note aigre vibrant soudain au milieu d'un morceau suave. Me gardant de sonner, je tourne le bouton de la première porte ; je traverse l'antichambre. Me voici dans le vaste et somptueux cabinet, aux quatre murs recouverts par la bibliothèque. Les dix mille volumes de droit, superbement reliés, qui ont fait le voyage d'Afrique, la mer traversée et retraversée, je les retrouve, tous, à la même place, alignant leurs dos sévères, presque terribles : les uns rouges et les autres noirs. Et un involontaire sourire me plisse la lèvre : « Monsieur le président » ! La porte de la chambre était grande ouverte. Debout devant un miroir ovale pendu à la fenêtre, déjà en pantalon noir et en bottines vernies, une serviette blanche nouée derrière le cou, Moreau achevait de se faire la barbe.

— Entrez, mon cher... Asseyez-vous, mais ne me parlez pas... Vous pourriez me faire couper...

Puis, au bout d'un instant, essuyant soigneusement les rasoirs avant de les replacer dans leur boîte :

— Maintenant on peut se serrer la main.

— Si je vous dérange?...

— Allons donc!... Non seulement tu ne me déranges pas, mais j'ai à te causer... Laisse-moi d'abord passer ma chemise.

Il élevait avec précautions, au-dessus de sa tête, une chemise blanche qu'il venait de prendre sur le lit : les bras et le cou nus, son gros ventre lui ballonnant sous le gilet de flanelle! Puis, sa tête s'enfonça, disparut un moment, dans la chemise très empesée, raide et craquante. Et je n'en revenais pas de ma surprise : lui, me tutoyer! Lui qui, depuis douze ans, depuis le jour où Hélène était partie avec M. de Vandeuilles, m'avait toujours dit : *vous!* Simple distraction, peut-être? Retour inconscient vers une habitude du passé, contractée sur les bancs du collège? Ou façon délicate de me faire sentir qu'il ne m'en voulait plus, que j'avais suffisamment réparé mes torts en m'employant à le réconcilier avec sa femme ? Enfin, il m'avait fait appeler, j'allais bien voir ! Et, en ce moment, j'éprouvais pour lui une sorte de sympathie subite, toute nouvelle. Pour un rien, sur un simple geste, je l'eusse aidé volontiers à dégager son cou de ce plastron rigide et tendu comme du carton, qu'il se donnait un grand mal pour ne pas casser.

— Là ! fit-il quand, sa chemise enfin passée, il n'eût plus qu'à mettre ses boutons de manchettes ; c'était pour t'adresser un reproche...

— Un reproche ?

— Oui ! ne t'étais-tu pas chargé de composer ma liste d'invitation à ma soirée, toi ?.., Eh bien, prends cette feuille de papier, là, dans le cabinet, sur le bureau... Lis !

La feuille de papier contenait une liste supplémentaire, une vingtaine de noms de personnes notables, que, d'après Moreau, j'avais eu la légèreté impardonnable d'oublier : le sous-greffier de la Cour, les deux bibliothécaires de la ville, les officiers supérieurs du régiment en garnison, etc. Il fallait toujours que ce fût lui, Moreau, qui s'occupât de tout, lui-même ! Pour suffire ainsi aux détails les plus divers, mon Dieu! il fallait avoir une de ces têtes! Et, ne parvenant pas à faire le nœud de sa cravate blanche, Moreau sonna. Le domestique l'aida aussi à passer son habit. Une fois prêt, satisfait sans doute du coup d'œil jeté dans l'armoire à glace, où « M. le président » se vit des pieds à la tête, Moreau vint vers moi.

— Maintenant, mon cher, à ta disposition!... Viens, passons dans mon cabinet... Nous avons un bon quart d'heure à perdre...

Assis dans son imposant fauteuil Louis XIII, il employa ce quart d'heure à se faire les ongles avec de petits ciseaux et à me sonder sur les dispositions à prendre « pour ne pas nous trouver au « dépourvu lorsque, dans deux ans et « demi, le premier président atteindrait « la limite d'âge... » Lui! Moreau! premier président dans deux ans et demi! Eh! pourquoi pas?... Tout en répondant mollement à ces questions intéressées sur l'état de mes relations au ministère, je récapitulais en moi ce que j'ai déjà fait pour cet homme : « Conseiller à Alger, lors de la fuite de sa femme, lui, par moi!... Sur le point de devenir président de chambre à Alger!... Puis, président de chambre ici, grâce à ma démission de conseiller offerte en échange au garde des sceaux... » Que de démarches, que de soucis, que de courbettes! Et ce n'était pas fini, j'étais prêt à recommencer. Tout cela pour Hélène, qui, à l'étage au-dessous, devait avoir achevé sa toilette. Je regardai la pendule. Grand Dieu! sept heures moins trois minutes! Les premiers convives devaient être arrivés, et moi, au lieu d'aller rejoindre Hélène, j'écoutais Moreau!

— Très bien! fis-je en me levant pour couper court. Nous repalerons de cela, il faut descendre.

— La pendule avance!... Nous avons le temps... Ecoute! il me vient une idée lumineuse...

Mais je regardai ma montre : « Vois! sept heures quatre ! » Et je me dirigeai quand même vers la porte. Alors son idée lumineuse et lui, me suivirent, descendirent avec moi l'escalier, me ralentissant à chaque marche : « Il faut que, dès le printemps prochain, tu fasses un premier voyage à Paris... » Sur le palier du premier étage, il me retint même par le bras : « Es-tu pénétré de l'importance?.. »

— Oui, me voilà averti. Ton idée est excellente. Compte sur moi... Même, si tu veux, je viendrai en causer avec toi demain matin, à tête reposée.

— Viens de bonne heure!

Il me lâcha enfin le bras.

Hélène était au salon, assise sur une causeuse, à côté de la femme du nouveau procureur général, une petite Normande blonde, paraissant plus jeune que son âge, mais laide, avec une grande bouche à lèvres minces et méchantes, un nez insolemment en l'air et de mignons yeux futés, perçants comme une vrille. De l'autre côté de la cheminée, le procureur général dans un fauteuil. A peine Moreau fut-il entré derrière moi, la porte se rouvrit, et le domestique annonça :

— M. et madame de Lancy.

Les salutations cérémonieuses n'étaient pas achevées, que la petite Normande, s'adressant à madame de Lancy :

— Madame, venez à mon secours ; je suis en train de dire un grand mal de votre ville :

Et, désignant Hélène, de l'air le plus hypocritement naturel :

— Madame, qui connaît Paris mieux que moi, ne veut pas convenir qu'il n'y a que Paris au monde....

Un pistolet chargé jusqu'à la gueule qu'on eût tout à coup tiré à deux doigts de mon oreille, ne m'eût pas plus désagréablement écorché le tympan, que cette phrase : « Madame qui connaît Paris mieux que moi! » dardée à Hélène, en plein visage, chez elle. Instinctivement, je regardai Hélène. Elle souriait. Qu'avait-elle de magnifique? Sa coiffure ou son regard? Peut-être sa robe de velours noir! Elle souriait, et je fus aussitôt rassuré. Il était impossible de voir ce sourire et de ne pas se sentir tomber à ses genoux. Madame de Lancy, elle, se leva, vint s'asseoir sur un pouf devant Hélène, lui prit la main et la garda dans les siennes, en lui demandant à demi voix comment elle se portait. J'aurais couvert de baisers les longs doigts de madame de Lancy, étonnamment minces, effilés, exsangues, aristocratiques.

Les autres convives arrivaient. Le recteur de l'Académie, un général, le procureur de la République et le sous-préfet, presque coup sur coup. Le premier président et sa femme, les derniers.—« Madame est servie, » vint-on dire.

Maintenant, on dînait. Pas de conversation générale pendant le potage, ni pendant le premier service. A peine quelques mots à demi voix, entre voisins, et sur des généralités. L'hiver s'annonçait froid; les hirondelles étaient parties de bonne heure et les personnes délicates devaient prendre beaucoup de précautions. Il y avait eu quelques fièvres typhoïdes à la fin de l'été. Une troupe de passage viendrait dans huit jours nous jouer les *Bourgeois de Pont-Arcy*. Puis, ce n'était plus qu'un bruit étouffé de fourchettes, de vaisselle plate, d'assiettes remuées avec précaution, le heurt malencontreux d'un verre aux vibrations aussitôt étouffées avec le doigt; et les offres à voix basse des domestiques : « Saumon... — Du pain... — Madère ? » Puis des bouts de conversation discrètes se croisaient de nouveau : M. de Lancy avait moins chassé que les années précédentes dans sa terre! Ce Sardou, de l'Académie française, était un véritable homme de théâtre, connaissant à fond le cœur humain et ses moindres replis. Madame de Lancy parlait au général de son fils Henry, récemment nommé lieutenant de la réserve. Le nouveau procureur général gémissait sur l'état des belles-lettres françaises, depuis l'apparition de *Notre-Dame de Paris*, il n'avait pas lu de roman! Chaque fois qu'il s'en était introduit un chez lui il l'avait brûlé!

— C'est un Sarrasin, votre mari! murmura le recteur, un homme d'esprit, à à l'oreille de la femme du procureur général.

Celle-ci ouvrit le plus possible ses petits yeux.

— Oui, répliqua le recteur, puisqu'il brûle les livres !... Les Sarrasins ne brûlèrent-ils pas la bibliothèque d'Alexandrie ?

Mais M. de Lancy, qui avait entendu, s'arrêta court au milieu d'une démonstration qu'il faisait au sous-préfet, sur la possibilité d'établir des courses de chevaux locales, pour peu que le gouvernement voulût l'aider. Et, un peu échauffé déjà par les premiers vins, saisissant toujours au vol l'occasion de lancer une plaisanterie énorme, il s'adressa très haut à la petite Normande :

— Madame, comment avez-vous trouvé l'*Assommoir* ?

Un « oh ! » pudique, secoué çà et là d'éclats de rire en dessous, se prolongea. Et Moreau, en qualité de maître de maison, crut de son devoir de réprimander M. de Lancy, en réservant les droits du bon goût et de la morale. Mais la glace se trouvait rompue. D'ailleurs on était aux rôtis, le corton et le chambertin circulaient. Et, de la littérature, la conversation glissa à la politique. Tout allait mal ! La société française était perdue ! Depuis l'avortement du 16 Mai, le Maréchal faisait de la peine ! Et, comme le général, lui, la bouche pleine, roulait des yeux terribles et haussait énergiquement les épaules pour défendre son Maréchal, le nouveau procureur général répétait à chaque instant, d'un air profond : « Nous n'avons plus d'hommes! » La phrase semblait dure à avaler au sous-préfet, qui, n'ayant pas l'élocution facile, bégayait un peu en objectant, que, pourtant, dans la nouvelle administration, parmi ses collègues récemment appelés aux affaires publiques... Et, comme la phrase traînait en longueur le bouillant M. de Lancy intervenant :

— Au 16 Mai, on a manqué d'énergie; et si j'avais été à la place de ces idiots, de Fourtou et de Broglie, moi!...

Maintenant, les têtes étaient montées; les voix de ces messieurs, plus hautes et plus chaudes, s'entrecoupaient, se croisaient, tandis que les dames, n'écoutant plus, et leur assiette vide, s'éventaient à petits coups, quelques-unes renversées sur le dossier de leur chaise. Hélène, elle, répondait de temps en temps à une phrase compassée du premier président, son voisin de droite; puis, d'un regard lancé aux domestiques, elle pressait le service un peu languissant. Tout à coup, au dessert, au moment du champagne, on entendit une musique douce qui semblait descendre du plafond. L'orchestre, déjà installé sur son estrade dans la salle de bal, jouait une première valse.

— Bon! nous allons bientôt danser! fit M. de Lancy.

Et il quitta sa coupe, où l'écume du moët achevait de tomber, pour taper ses deux mains l'une contre l'autre, en grand enfant.

— Dîner en musique! Fi donc! dit, en ricanant, la femme du nouveau procureur général.

— Comme à Paris, au Palais-Royal! lui souffla le recteur.

— Oui... à quarante sous!

Je n'en entendis pas davantage. Et personne ne fit plus attention à la valse. En face de moi, les longs doigts minces de madame de Lancy ouvraient lentement une mandarine, dont la bonne odeur délicate et pénétrante m'arrivait à travers la table. Et moi, je me demandais si quelque part, autrefois, je n'avais pas entendu le même air à trois temps. Tout en cherchant, mon regard rencontra celui d'Hélène. Une même pensée! A son front, une subite rougeur! Elle se souvenait comme moi. C'était bien la même valse. Celle que jouait éternellement l'orgue de Barbarie, sur le boulevard des Batignolles, pendant que Fernand, l'acrobate en maillot couleur chair et en caleçon cerise, soulevait un tonneau avec les dents.

Fernand, Hélène attendant le saltimque sur le boulevard extérieur, Fernand la tenant par la taille dans la rue de Rome, ma nuit de torture passée dans la chambre d'hôtel, l'attente à la fenêtre, en interrogeant le néant noir de la Cité-des-Fleurs, la fièvre me ramenant d'heure en heure à ma table où je couvrais de phrases incohérentes des feuilles de papier, tout cela me revint à la fois, en une seconde, avec le frisson d'un cauchemar interrompu qui recommencerait. Mais, en même temps que ce subit malaise, est-ce que nous ne sortions pas de table? Je venais de voir cette même Hélène se lever la première, passer au bras du premier président devant ses invités, debout et respectueux. Maintenant, dans les trois salons remplis par enchantement, est-ce que « la société » entière de X.. n'arrivait pas à la file, tous venant d'abord à Hélène : les femmes décolletées, un peu émues, éblouies par l'éclairage, écrasées par le luxe, le rang et la fortune, se demandant si leur toilette était irréprochable et si madame Moreau ne leur en voulait plus ; les hommes la saluant très bas. Tiens ! là-bas, qu'apercevais-je?

Cette longue femme sans hanches, si mal fagotée, et dépassant les autres dames de la tête, c'était à ne pas y croire! « Madame Jauffret! » murmurait-on un peu partout. Embarrassée de sa haute taille, sentant beaucoup de regards sur elle, des regards étonnés qui semblaient dire : « Comment? elle a osé venir, dans cette maison qui lui a appartenu!... Son petit bonhomme de mari, déjà à la table de jeu, tenté de gagner la toilette de sa femme! » disgracieuse par là dessus et revêche, madame Jauffret ne trouvait pas de ch''se. La femme du nouveau procureur lui fit signe, de loin, qu'il y avait une place près d'elle. Et elles se mirent à chuchoter toutes deux, très animées, cherchant de temps en temps Hélène des yeux. Mais la haine sourde de leurs regards passait inaperçue dans le brouhaha de sympathie de toute une ville reconquise. Heureux pour Hélène, définitivement rassuré, j'avais très chaud. Je vins me réfugier dans le petit salon bleu.

Là, l'éclairage était moins éclatant, la température plus douce. Rien que quatre whisteurs à une table de jeu, et quelques messieurs debout, me tournant le dos, qui pariaient sur chaque rob. La causeuse où Hélène reste ses après-midi à broder ou à lire, était libre. Je m'y assis, très las, et, tirant mon mouchoir, je m'essuyai le front et les joues. Un domestique passait un plateau. Je pris un sorbet. Puis, me sentant bien, je me renversai en arrière, les pieds sur un tabouret, la tête appuyée au dossier de la causeuse. Le murmure du quadrille que l'orchestre jouait en ce moment dans la salle de bal, semblait très loin. On eût dit qu'il y avait soirée dans quelque maison voisine, tandis que le chalet de Moreau sommeillait, plongé dans sa paix habituelle. Et, je me mis à penser à des heures silencieuses passées en tête à tête avec Hélène, – avec Hélène arrachée de Paris le lendemain de la nuit terrible, et conduite par moi, presque malgré elle, dans un village perdu du fond de la Bretagne... « Cinq louis pour M. Jauffret? — Je les tiens ! » répondait à demi voix un des parieurs. Et les cartes neuves, données une à une, se détachaient avec de petits claquements secs. Là-bas, sur la plage, c'était le battement rythmique de la vague fondant contre la falaise sonore, puis s'égouttant écumeuse à travers les galets. Et Hélène, dans une prostration, les yeux enfoncés et rougis par l'insomnie des nuits, passait des après-midi mornes; quelque livre, qu'elle ne lisait pas, ouvert dans ses mains; regardant un point fixe, là-bas, à l'horizon, sans rien penser et sans rien voir. Moi, un peu à l'écart, absorbé en apparence dans un journal, cherchant à me faire oublier, j'aurais voulu n'être qu'un chien pour me coucher à ses pieds, et faire semblant d'y dormir, tout en guettant. Heureux quand même, roulant tout bas des projets que je me gardais bien de lui laisser soupçonner, j'attendais... Tout à coup, mes paupières se fermèrent. Je cessai d'entendre l'orchestre lointain, le glissement des cartes neuves. Je m'étais endormi!... Mais Hélène était toujours là, assise devant l'Océan. Et moi, ou plutôt un autre moi-même que je n'ai jamais été, jeune et fort, pour la première fois de ma vie, je la pressais contre ma poitrine : « Je t'aime! » Elle, le sein gonflé d'émotion et de désir, se débattait; puis, au milieu de sa résistance, je sentais ses deux bras, comme mus par une volonté différente de la sienne, se rejoindre derrière moi, m'attirer contre elle. « Hélène, sois enfin à moi, Hélène! » voulais-je crier; mais, du fond de ma poitrine gonflée de désirs, avant d'arriver à mes lèvres, ces mots n'étaient plus qu'un râle de volupté... Soudain, une main, posée doucement sur mon épaule, m'éveilla.

— C'est vous, Hélène! fis-je très surpris. Quelle heure est-il donc?

— Bientôt cinq heures, mon ami.

— Cinq heures!!

La table de whist était encore là, avec les deux bougies brûlées jusqu'à la bobèche. Un des deux abat-jour tout à coup tomba, faisant éclabousser de la cire sur le tapis vert. Et les joueurs étaient partis, laissant les cartes bleues mêlées aux cartes blanches.

— Vous ronfliez fort, me dit Hélène; j'avais peur que vous ne fussiez indisposé... Vous savez, tout le monde est parti.

— Pas possible!

Et je me mis debout, très penaud.

— Vous ne vous en irez pas à pied, reprit-elle. Il a neigé toute la nuit et il fait très froid... On attelle pour vous.

Puis, comme je me récriais, elle ajouta :

— Vous allez avaler ce bol de bouillon chaud, je le veux. Et, vous savez, quand on est sujet comme vous à des douleurs... Vous vous envelopperez les épaules dans ce gros châle à moi...

. . . .

Je ne retournerai pas au chalet de

quelques jours. Je vais lui renvoyer par Nanon son châle de flanelle.

FIN

Paris. — Typ. Collombon et Brûlé, 22, rue de l'Abbaye.

www.ingramcontent.com/pod-product-compliance
Ingram Content Group UK Ltd.
Pitfield, Milton Keynes, MK11 3LW, UK
UKHW021105290826
14628UKWH00014B/769

9 782019 145248